文學新象 292

現場鑑證

현장검증

李鐘寬이종관——著
馮燕珠——譯

高寶書版集團

現場鑑證，意指法院或調查機關，在犯罪現場及以外的特定地點進行相關鑑定。

1

「咔！」有人打開了電燈。

反射性地睜開眼，但什麼都看不見。

難道不是開燈，是關燈？

男子無法得知電燈是開還是關，他的眼前只有一片漆黑，完全沒有一絲光源，百分之百的黑。

他聽見腳步聲，一步、二步、三步……

從門口走到床邊共走了六步。男子用從門口到床邊的距離來推測房間的大小。腳步聲在六步之後並未停止，又多走了二步，最後停在男子枕邊。

一股力量落在因燒傷而扭曲的肩膀肌肉上，尚未癒合的傷口像被撕裂一樣，男子痛得發出呻吟。

他勉強想撐起上半身，必須告訴對方自己並非毫無意識或沒有防備。對來到可讓自己致命位置的腳步聲不能坐視不管。

「沒關係，您不用起來。」

男子扭動身體，又再度倒回床上，大口地喘著氣。是主治醫師韓鎮國的聲音。男子緊繃的神經突然放鬆，頓時頭冒冷汗。

「今天感覺怎麼樣？」

今天的感覺？他很想說自己無法確定是否能以正常的心神意志忍受這種狀態。但說了也無濟於事，男子從韓醫師的聲音中感受得到他的疲憊，想來昨天進行的檢查結果應該也不太好。

「還是想不起名字嗎？」

這是韓醫師每次都會問的問題，而男子從來都未曾回答。自己的名字和年齡，甚至連長相他都想不起來。對於面對同樣的問題每次都無法回答的自己，男子也感到很混亂。

「沒關係，這只是一時的，不用太擔心。」

韓醫師摘掉男子的眼罩，拿起瞳孔筆燈照了照。

「怎麼樣？有沒有看到什麼？」

和前面提問時不一樣，這回韓醫師明顯地等待男子的回答。

「沒有。」男子用乾啞的聲音簡短回答。

韓醫師點點頭。

每天同樣的問與答反覆進行，男子也逐漸接受自己失去記憶及眼睛看不見的事實。

「一部分的視神經是好的，瞳孔也有反應……並不是完全沒有復原的可能性。還是不要太絕望，現在才正要開始呢。」

醫師要告知患者否定的檢查結果時，常用「不是沒有」的雙重否定句來模糊語意，然後又迅速補上一些像喃喃自語的話，不知道是安慰還是鼓勵。

現場出現短暫的沉默。

韓醫師似乎正在確認點滴的流速，也許他認為現在最好的治療就是減輕男子的痛苦。醫師能做的事和男子的回答一樣越來越簡短，早上的巡診時間逐漸縮短，隨行的實習醫師和護理師的人數也越來越少，最近大多是像今天這樣。韓醫師獨自前來進行形式上巡診。

隨著點滴的速度，男子的痛苦也迅速消退。

與剛才進來時不同，韓醫師離開病房時共走了七步。

男子逐漸感受到睡意，他在朦朧的意識中仍想著醫師那一步之差是差在哪裡。他聽到病房門滑動緩緩關上的聲音。

突然，男子意識到聲音不對勁。若有門關上的聲音，應該要先有開門的聲音才對……剛剛是韓醫師出去的瞬間才聽到關門聲，所以病房門一直都是開著的。藥效逐漸發揮作用，男子感覺到全身漸漸無力，意識越來越模糊，睡意襲來。

＊＊＊

在黑暗中又過了好幾天，男子仍想不起自己到底發生了什麼事。燒傷、失明、腦袋裡有一處完完全全地空白，這是他意識到的全部。

護理師在幫他傷口換藥和更換點滴時總是稱呼他「李樹人患者」。

李樹人。

這應該是他的名字。但是這以前應該習慣被稱呼的名字，現在卻怎麼聽都還是一樣陌生。想不起自己的名字，讓他感覺失去整個人生，就像在某個陌生的地方漂泊，被無助的情緒籠罩。

病房外傳來很秀氣的男子聲音，是在病房外擔任日班戒護的崔正浩巡警。若有人進病房，病房門就會一直打開著，這時可以聽到他的名字。男子從崔巡警的聲音得知現在是白天。

崔巡警會在韓醫師早上巡診結束時開始值班，到晚上再與晚班人員交接後離開。擔任晚班戒護的有二人，一個是有著中低噪音的徐巡警，以及另一個幾乎聽不到聲音的沉默男子。崔巡警總稱呼沉默男子為「金警長」[1]。

徐巡警和金警長兩人輪流在夜間值班。

金警長跟另二個人不同，他值班時每隔一段時間就會打開病房門觀察男子。每當他打開門時都會聽到金屬碰撞的聲音。

代表他是武裝狀態。

金警長每隔幾天就會打開手槍的彈巢轉動或甩一甩三段式伸縮警棍檢查狀態。或許另外

1 韓國警察階級由低至高為巡警、警長、警查、警衛、警監、警正，總警。

二個人值班時也是一樣的武裝狀態，而他們會這樣應該是具備了充分的理由。

病房滑門打開的聲音傳來。

接著門慢慢地關上。滑門關閉的時間比打開要長一點，是吳大英科長。他是唯一來訪時病房門不會一直打開的人，而且他會稱呼男子「李樹人警監」。

或許是知道腳步聲吵醒了男子，他毫不遲疑地走到病床旁。男子稍微抬起上半身斜靠著。

「怎麼樣？」總是不拖泥帶水的開場白。

男人猶豫著尋找適合回答的話，但吳科長似乎並不在意。

「沒關係，Copycat 目前還很安靜。」

吳科長第一次來到病房，就說了兩個名字，一個是男子的名字「李樹人」，另一個就是「Copycat」。

「Copycat」似乎是李樹人警監追捕的連續殺人魔的綽號。Copycat 與一般模仿犯不同，他不只單純抄襲殺害手法或殺人犯特徵。根據吳科長的說法，Copycat 專挑因證據不足而被無罪釋放的嫌疑人下手，用逃脫法網的嫌疑人作案手法將其殺害。目前所知 Copycat 已經犯下三起案件了。

「我追捕 Copycat 到什麼程度了？」

「已經十分接近了，只要你恢復記憶就能逮到他。」

吳科長是唯一能填補男子記憶空白的人，他幾乎每天都來找男子確認狀態。

「Copycat 知道我在追捕他嗎？」

「Copycat 就在你受傷的縱火案現場，而且和你發生了肢體衝突。」

「是我失手放走了他嗎？」

「應該是你們彼此錯過了對方，但這並不代表失敗。多虧了李警監，Copycat 目前似乎進入了冷卻期，沒再繼續犯案。那傢伙也知道自己已經暴露在危險裡了。」

「但如果他知道我現在的狀態……」

吳科長靜默了一會兒，隱約聽見他輕輕吐了一口氣。

「那麼他就會再次犯案。所以你目前的狀況只有調查小組少數幾個人知道，是連警方高層都不知道的極機密。」

「如果 Copycat 一直都不知道我的狀況會怎麼樣？」

吳科長又沉默了。這次沉默的時間比較長一點。

「那麼 Copycat 可能會打破以往的作案模式來找你，因為他必須消除會讓自己暴露的危險。他也沒有時間再好整以暇地計劃犯案了。」

看不見的男子想到 Copycat 不知會以什麼面貌出現而感到一陣寒意。可能是每天來巡診的韓鎮國醫師、護理師或在病房外戒護的警察。韓鎮國醫師可以用枕頭將自己悶死、護理師可以在點滴瓶裡加入氰化物、那三名警察可以用槍斃了自己。

不管自己要被誰、要用什麼方式殺害，他都無法阻止。現在不是相不相信誰的問題。

「所以現在唯一的辦法就是在 Copycat 找來之前，我必須先恢復記憶才行。」

「這也是我們最希望的。」

消失的記憶可以殺死自己，也可以拯救自己。這個事實讓他覺得不現實。就像要從漆黑的水坑裡撈出什麼，卻又不知道該不該撈出來一樣茫然。

「我知道很難，但早日恢復記憶才是目前最好的辦法。」

吳科長說完，走了七步離開病房。

滑門打開又關上之際，聽到崔巡警急忙從椅子上站起來的聲響。

門關上了。隱約聽見崔巡警用細微的聲音對吳科長說話。每次吳科長來，都會給男子帶來恐懼感。他越想讓男子放心，就越讓男子擔心連續殺人魔可能會先找到自己，這種不安的想像折磨著男子，時時擔憂不知 Copycat 會假扮成誰來找他。但是男子現在很累，他被比恐怖更強烈的止痛劑麻醉，不得不入睡。

吳科長離開後，每當病房門打開時，男子的神經就會更緊繃。

男子強迫自己記住進出病房的所有人的特徵及模式。看不見的他把所有聲音都用數字標記。

如果韓鎮國醫師走八步來到床頭，走七步出病房，很可能是他在進來時遲疑了一下，或是正在看病歷而步幅變小的關係。

打掃病房的大嬸進來會走四、五步到垃圾桶旁清理，並透過打開的病房門與崔正浩巡警對話。就算男子醒著大嬸也不會跟他對話。大嬸每回進來平均會在病房內走動二十三步，她身上總是飄散出一股帶有橘子香氣的清潔劑味道。

進出病房的護理師總是兩兩一起行動。沒有固定的時間間隔，但通常先聽到的腳步聲是金賢知護理師，後面跟著進來隨即站在床尾待命的腳步聲則來自李靜護理師。

李護理師主要擔任輔助的角色，她聽從金護理師的指示行動。她身上總是有一股甜甜的口香糖味道。通常她們一進入病房就會喊著：「李樹人患者。」所以很容易辯識。

雖然男子只要聽聲音就可以區分是誰，但如果他們未按照平常慣例行動就無法判斷。也就是說若他們脫離了固定模式，男子就會很不安。

如果金護理師未指示李護理師，而是自己直接更換點滴瓶，男子會很不安；韓醫師若沒有一口氣走完七步而在中間停下來，男子也會很不安。清潔大嬸與崔巡警沒有交談的話，男子會很不安；如果有訪客進來後聽到門關上的聲音，男子會感到害怕。

對男子來說，記住人們的聲音和行動模式是保護自己免受 Copycat 傷害的唯一方法。將人們的行動整理成數字和模式，在其中補充加入日常之外的行動。隨著數據的累積，能讓他增加對他們的信任。

男子拜託韓醫師減少止痛劑的劑量。

雖然這麼做會比較痛苦，但相對地醒著的時間也會變多。他可以忍受痛苦，但是無法忍受在沒有防備的情況下與 Copycat 這個連續殺人魔相見。在睡夢中被不知身分的人殺害，這是男子連做都不願意做的惡夢。

男子微微動了一下手指，左手手指夾著一個指夾式脈搏計，他活動手指故意把脈搏計弄掉。透過手指傳送的脈搏數據中斷，護理師很快就會飛奔而來。男子在心裡開始默數。

「一、二、三、四……」

數到四十，聽到急促的腳步聲；六十，病房的門打開了。

第一個進來的腳步聲很快靠近，迅速找到掉落的脈搏計。

第二個腳步聲在床尾停下，伴隨著氣喘吁吁的呼吸聲。接著與金屬聲重疊的腳步聲跟進病房，然後又遠去。

最後一個與金屬聲重疊的腳步聲，應該來自在病房門口守著的崔巡警。

「李樹人患者，你的脈搏計掉了。真是嚇死我了。」是金賢知護理師的聲音。在床尾的應該是李靜護理師。

「抱歉。」男人在心中感謝她們監測自己的生存狀況，感謝她們聽到他的生存訊號異常後飛奔而來。金護理師把脈搏計夾回男子的手指，儀器上開始出現正常訊號。

「謝謝妳們救了我。」

床尾傳來李靜護理師的笑聲。這句在兩位護理師聽起來雖然像是玩笑話，但男子是真心的。

「如果有什麼事就按呼叫鈕，不要再害我嚇死。」金賢知護理師一板一眼地說道，語氣裡帶著「你的玩笑一點都不好笑」的意思。

但是呼叫鈕阻止不了Copycat。男子在心裡自言自語。若按了呼叫鈕，值班護理師會先詢問狀況，若幾次得不到回應才會到病房來查看。而且會有哪個殺人魔那麼笨，眼睜睜看你按下呼叫鈕。

男子聽到病房門關上的聲音。

如果男子發生緊急狀況，金護理師和李護理師趕到病房的時間大約一分鐘，這一點讓他稍微安心，至少她們兩人發現男子的生存訊號異常會第一時間飛奔過來，男子心想，只要在她們趕來前那一分鐘之內活著就可以了。

2

早上八點半。

從窗戶照射進來的陽光，在地板上映出鮮明的四方形。因為陽光，讓地上累積的灰塵看起來更明顯。

衣櫥裡掛著幾套正式套裝，韓智秀一邊挑選，一邊想著和那些人見面還是穿得中規中矩一點比較好。她拿出裙子和褲子考慮了一會兒，最後決定穿裙子。第一印象必須展現溫柔的一面。

換好衣服，她還化了淡妝。為了給人溫柔的印象，她將眉毛畫成弧形，並仔細描繪唇線。鏡子裡的她看起來雖然有點疲憊，但仍充分展現出有魅力又溫柔的樣子。再把頭髮挽成一束馬尾，嘴角上揚。準備完成。

她拿起手機確認時間。

九點零三分。

好久沒有好好化妝，花得時間比預想得還久一點。

從上水洞出發的計程車進入金花隧道後車速開始變慢，到了社稷公園附近乾脆停了下來。

九點半。

雖然現在時間還早，但她開始焦躁起來。步下計程車加快腳步行走，遠遠地就看到與周邊建築物有著明顯分別的警察廳大樓。

她不想撞見認識的人，快步進入電梯，差點就習慣性地想按科學搜查股所在的三樓，還好回過神來按下十三樓，監察股。

監察股辦公室在十三樓右邊走道盡頭最後一間。窗外可以看到光化門的風景，但她無心欣賞。

一個禮拜前監察股找上韓智秀，因為她五個月前偵訊過的嫌疑人自殺了。不，正確來說是收到疑似自殺的投書。

投書……

投書內容指出該嫌疑人自殺與韓智秀有關，她無法接受，更何況投書中並未說明是確定自殺，而是「疑似」自殺，令她覺得哭笑不得。但是扯上了監察，說不定會產生原本沒有的因果關係。

韓智秀先深呼吸一口氣，然後打開了門。

辦公室內坐了三個人，其中一個人站了起來，短髮、戴眼鏡、穿著勤務服的男子。

「韓智秀警查嗎？」

韓智秀沒有回答，只是簡單地點了點頭。

「我是金正民警衛。這邊請。」金正民帶她到調查室。

調查室裡只有桌子和椅子，沒有監視器和錄音設備，是監察的完美死角地帶。

「先確認一下身分。」金正民打開筆電，隨著藍光乍現，他的視線在左邊的天花板上停留了一會兒。

韓智秀推測他是屬於慣用右腦的人，視線習慣往左上方代表慣用右腦。雖然不能輕易歸類為一般狀況，但在開始訊問之前就使用右腦，這意味著對方已經有了結論，正在制定訊問的戰略。

韓智秀靜靜等著與金正民視線相對，目光一接觸，金正民立刻反射性地迴避，接著馬上拋出問題。

「妳是首爾警察廳犯罪行動分析組所屬的犯罪心理分析師對吧？」

「是的。」

「目前的階級是？」

「警查。」

「那我們就進入主題，還記得金英學嗎？」

她當然記得。金英學是大學教授，也是殺害妻子的嫌疑人。那是五個月前發生，又名「無屍命案」的主要嫌疑人。

「偵訊的戰略是我制定的。」

調查小組並未發現妻子的屍體，因此無法完全排除失蹤的可能性，但韓智秀直覺判斷這就是一起殺人命案，被害人已遭殺害棄屍。

接下偵訊工作後，韓智秀對嫌疑人金英學猛烈進攻。但是不管怎麼問，金英學都只是反覆複誦律師提供的答案，而且只要問題中明顯的將嫌疑箭頭指向自己，他就拒絕回答。他的樣子根本就不像一個失去妻子的男人會有的反應。

那樣的金英學會因為被警方偵訊而想不開自殺？真是讓人啼笑皆非。

「妳親自對他進行偵訊嗎？」

「第二次偵訊是我親自訊問的。」

最後因為始終未能找到失蹤妻子的屍體，金英學以證據不足而被釋放。如果五個月後，金英學的妻子仍未出現，那麼就會被宣告死亡。如此一來，金英學就可以獲得一大筆巨額保險理賠金。他不可能自殺。

「妻子失蹤後，金英學也跟著失蹤了。從通聯紀錄、信用卡消費紀錄、就醫紀錄中都完全找不到他的活動痕跡。」

「所以這全都要怪五個月前偵訊過他的我嘍？」韓智秀不自覺用嘲諷的口氣說。

她再次與金正民目光交接，這才發現，金正民的眼神比剛才更冷淡。應該要小心語氣才對，一時失誤了。一開始就與調查官對立是沒有任何好處的。

這回換韓智秀先把視線移開。

「雖然不確定正確的時間點，但金英學在被釋放之後沒多久就失蹤了。」

這句話很奇怪。

「失蹤的時間點……是在五個月之前嗎？」意想不到的失蹤時間讓韓智秀意外。

「對，所以才請妳過來。」金正民上半身往後靠。透過眼鏡，可以看到了一雙發亮的眼睛。「……六年前也發生過類似事件吧？韓警查偵訊過的嫌疑人事後自殺了。」

預料中的問題，那是跟著她的標籤。韓智秀早就意識到這個問題肯定會被提出，所以她化了妝，努力呈現溫柔的形象。

「是的。」

「嫌疑人在接受偵訊後自殺這種事，有頻繁到會在同一個警官身上發生兩次嗎？」

「不是的。」韓智秀盡可能地簡短回答。她比任何人都清楚，有罪的人在被問及關鍵問題時，不會立即回答，而是試圖解釋。

金正民將韓智秀的回答輸入到筆電裡。

「那麼，韓警查認為，為什麼同樣的事又重複發生在妳身上呢？」

為了蒐集情報的開放性提問……

即使進行辯解，所陳述的內容都會被對方蒐集起來，變成反擊自己的武器。金正民用的是非常公式化的訊問戰略。韓智秀沒有回答。

金正民等待了一會兒，接著敲打鍵盤輸入文字。

想來是輸入「未回答」吧。在偵訊調查中，「未回答」與「回答」一樣具有重要意義。

「妳是不是帶著某種目的故意對金英學在心理上施加壓力呢？」

這意思是在問韓智秀是否故意逼迫金英學自殺。她正確地領會了提問的意義，自己可能遭受的懲戒不會只是停職而已。

韓智秀手放在桌上，她故意用手指輕敲桌面，金正民的目光自然落在她的手上。

「如果五個月前就失蹤的話，為什麼到現在才投書呢？」韓智秀一邊反問一邊用食指敲著桌面，金正民的視線被手指帶走。

她想切斷提問的節奏。通常嫌疑人說謊時，由於認知上的壓力，在胳膊或手部的動作自然會減少。她想反過來增加手部動作，打斷提問的節奏，將主導權搶過來。

金正民輕輕地將上半身向前傾，從這細微的動作變化讓她得到一點信心，甚至還感受到對方上當的些許快感。

「他兒子在加拿大的卡爾頓還什麼大學念書，和爸爸並不常聯絡，只要每個月生活費都按時匯入，平常沒有什麼事也不會打電話。」

「那麼是生活費中斷了嗎？」

「原本都是自動轉帳，但突然中斷停止匯款，所以才聯絡。」

「因為聯絡不上，所以就投書來說自殺了？」

這才理解了投書的內容。

但韓智秀確定就算金英學會殺人，也不是個會自殺的人，更何況還有高額保險理賠金。答案只有一個。

她短暫的深呼吸後故意憋氣，金警衛也跟著憋氣。這是同步現象。

「他被殺害了。」韓智秀下結論。

金正民聽了眼睛睜大。

「金英學絕對不會自殺，他是被殺的。我會去向科長報告，然後正式展開調查。」韓智秀說完便自顧自地站了起來，金正民的氣勢被壓制，一時不知該怎麼反應。

「如果在第二次監察調查之前未發現有他殺痕跡的屍體，那麼這件事是不會輕易結束的。」

距離第二次監察調查，還有一個禮拜的時間。

韓智秀立刻離開監察股所在的十三樓，前往三樓的科學搜查股。現在急需金英學一案的紀錄。

大部分殺人案件的動機不是為錢就是為情，朝這兩個方向挖到底，犯人自然就出來了。但是金英學不為金錢也非關感情。

三樓的科學搜查股冷冷清清。

現場鑑證小組和火場鑑識小組都不在，驗屍人員的位置也空著，看來似乎是火災事件發現了死者。可能是緊急出動，隔壁同事桌上的咖啡看起來連喝都還沒喝，早已經冷掉了。

韓智秀倒了杯咖啡回到自己座位，一坐下就打開電腦，進入警察內部網路，打開SCAS（科學犯罪分析系統）。

搜索金英學一案，然後點擊打開第一次偵訊調查書。雖然她不是案件負責人，但韓智秀從一開始參與案件，所以她無須取得管理者許可就能閱覽紀錄。

一開始以關係人身分接受調查的金英學，在第一次偵訊中，有一點特別引人注意，就是他強調為了尋找妻子付出多少努力。金英學表示自己去問與妻子常往來的人，也去平時妻子常去的健身房及咖啡店等地方找人。但是在他的陳述中，卻並未透露出對妻子的擔心和悲傷，他只把重點放在自己為了找尋妻子花了多少努力。

這是犯罪分子的典型模式。罪犯基本上並不悲傷，而是努力證明自己無罪，在心理上無意識地製造不在場證明。

但是就在警方於京畿道漢江邊發現妻子的車子以及手機之後，整起案件轉為朝凶殺案的方向調查，金英學的陳述也發生了變化。

他開始準確無誤地陳述妻子失蹤時自己的不在場證明。警方在金英學車上發現少量血跡反應，經檢驗後確認為妻子的血跡，他立即以「妻子流過鼻血」為由進行防禦。就像與律師沙盤推演過一樣，他的態度和言語變得縝密而冷靜。

韓智秀想起第二次偵訊，金英學從關係人轉為嫌疑人身分，在偵訊的尾聲，當時錄影機已關，因此那段對話未留下任何紀錄。

韓智秀對金英學說：「我知道人是你殺的。」金英學用老師的語氣回應道：「沒有屍體，殺人就不成立。」

最終由於證據不足，拘捕令被駁回。當晚緊急逮捕時限一到，金英學重獲自由。他實在沒有自殺的理由。

當時調查小組從他的金融交易、通聯紀錄、手機中的聊天訊息檔案中並未發現任何可疑之處。雖然以妻子名義購買了巨額的人壽保險，但由於時間已久，很難作為決定性的動機。

以失蹤偽裝無屍命案的有力嫌疑人，卻又同樣地失蹤……這個機率有多少呢？

韓智秀走出辦公室往安全門的方向走。

咔嗒。笨重的鐵門在她身後關上。她沿著樓梯往上走，一邊整理思緒。沁涼的空氣讓她頭腦清明。她決定先排除可能性小的假設。

被誣陷為嫌疑人的金英學因委屈而自殺？排除。

金英學殺死妻子後自殺？當然排除。

那麼，兩人都還活著？

她在往四樓的樓梯間停留喘口氣，如果說兩人的失蹤是為了展開新生活的一場騙局，那麼就需要錢。但是他們的房子並未處理掉，也沒有轉移存款的跡象，最關鍵的是，兩人都失蹤的話，巨額的保險理賠金就無人可領了。

難道兒子是共犯？

韓智秀搖搖頭。那麼兒子申報失蹤的時間和投書一事就變得不合理了，那樣引起警方的注意，對他沒什麼好處。

會不會有個與兩人有利害關係的第三者存在？這也不太可能，因為沒有理由在妻子的死和金英學的死之間存在時間差。

經過四樓，她繼續走上五樓。問題一直在腦海裡縈繞。

如果殺了金英學，又為什麼要偽裝成失蹤？

如果要偽裝成失蹤，就必須移動屍體，而且還必須藏得很完美。以現實來說不是件容易的事。既然如此又為什麼要做？

整理到最後，韓智秀意識到金英學的失蹤似乎複製了他妻子的「無屍命案」。

她的腦海中自然而然浮現出「Copycat」。韓智秀停下腳步，「李樹人」，這名字就像「Copycat」的影子，從她嘴裡不自覺吐了出來。她打開五樓的安全門進去。走過轉角就會看到刑事科長的辦公室。她決定接受吳科長的提議。

＊＊＊

「……醒了嗎？」

女人的聲音。

好久沒有睡得那麼沉了。男子聽到女人的聲音，但他一時分不清是在夢境裡還是現實。

「我的聲音……您還記得吧？」

女人的聲音聽得清清楚楚，微微顫抖著。這是現實。瞬間，男人像僵住了一樣動彈不得。沒有開門的聲音，也沒有腳步聲，從半空中突然發出的聲音比鬼魂更危險。不知道誰站在黑暗中，他渾身起了雞皮疙瘩。

「您……想不起來嗎？」

這女人的聲音和他用數字整理過的任何聲音都對不上。但是她很明顯認識男子。男子打了個寒噤。

「是我啊。您……真的不記得了嗎？」女人的聲音從兩步之遙的地方傳了過來。聽起來沒有一絲溫暖。

男子不知道該怎麼反應。他無法回答，也無法動彈。

女人的聲音靠近他的枕邊，只要伸手，這是他束手無策任人擺佈的距離。

「……好像需要確認。」

男子心想女人要確認的部分是什麼，是失去記憶的？還是沒有失去記憶的？男子在床單內悄悄移動手，拔起固定在左手背的點滴針頭，瞬間感覺血順著手背流下。

「抱歉。」男子給了一個模糊的回答。

然後他憋住氣，不能放過女人的任何一個細微動作，如果注射針頭幸運地插在女人的眼睛或脖子上，或許就可以獲得脫逃的時間。

男子腦中浮現病房內的構造，推測門的位置。

「不用擔心，就算想不起來人也不會變的。不管是警監您，還是我。」女人說道。

這時傳來病房門打開的聲音，那女人沒有移動。

「怎麼樣？還是沒想起來吧？」

是吳科長。在他急促的腳步聲後傳來關門的聲音。

男子這才悄悄地把憋住的氣深深地吐了出來。

「你們聊過了嗎？」

「他不記得我了。」

「不要緊，另外有張臉是他必須想起來的。」吳科長若無其事用爽朗的聲音說道。

「問候就免了。李警監，這位是韓智秀刑警，是你很熟悉的人。」

「李警監，我是韓智秀。」

「……」

「李警監遭遇事故時韓刑警離你最近，她是和你一同追捕Copycat的夥伴。」

夥伴？

從女人微微顫抖的聲音中，能感受到應該是關係密切的夥伴以及有距離的緊張感。想來也是，在身體被燒傷甚至連記憶也燒成灰燼的人面前，任何人都會感到緊張。男子是這麼想的。

「雖然會很辛苦，但無論如何都要趕緊找回記憶，韓刑警會全力協助你。」

「我會常來看您的。」

女人的聲音依然很陌生。雖然是工作夥伴，但關係並不算友好嗎？

左手溼漉漉的，男子伸手按床頭的呼叫鈕。雖然不知道是什麼時候，但是護理師們總會來的。

3

韓智秀在首爾警察廳一樓的「西京咖啡館」點了一杯咖啡，一飲而盡，咖啡因蔓延到全身才清醒過來。

出了大門之後攔了計程車，為的是去龍山警察署找負責「無屍命案」的孫志允刑警。途經某報社大樓，外牆電子看板上一條條即時新聞跑馬燈閃爍，韓智秀看得頭暈，連忙閉上了眼睛。

抵達龍山警察署，韓智秀付錢下車，計程車司機看著她說：「希望事情能順利解決。」

「謝謝。」韓智秀說完，這才想起計程車司機可能把她誤以為是被害人了。

孫志允刑警在重案組所在的別館門前抽菸。他的頭像刮鬍子一樣剃得乾乾淨淨，手指夾著菸高舉起來跟韓智秀打招呼，看上去就像是破戒的僧人。

「進去吧，正在等妳呢。」他捻熄香菸一副像跟韓智秀很熟稔的樣子。大家可能都出外勤去了，辦公室裡一個人也沒有。

「漢江又出現屍體，所有人都去現場了。」

龍山警察署的管轄區域內正好有一段漢江流速減緩的區間，因此時不時會出現跳江自殺的浮屍。韓智秀和孫志允面對面坐了下來。

「金英學的兒子也投書給首爾警察廳是吧？雖然是留學生，但實在是沒什麼大腦。真抱歉，給妳添了不少麻煩。」

「這裡也不好過吧？」

「留言板上似乎還寫了什麼調查作假之類的留言，無聊網民最近老喜歡當鍵盤俠，托他們的福，我每天都會被叫去問話，真是有夠煩的。」

「金英學的案子調查得怎麼樣？」

「很荒唐啊，五個月前失蹤的金英學現在要怎麼找？就算有監視器也應該都被刪除了。」

「金英學的通聯紀錄或信用卡消費紀錄呢？目前為止的調查資料可以借我看看嗎？」

「很乾淨，沒有什麼特別值得注意的。」孫志允拿出列印的資料，薄薄一疊。

如果金英學的生活軌跡中稍稍出現一點線索，文件的分量就不會只有這種程度。

「金英學住的地方沒變吧？」

「他失蹤之後房子就一直空著。」

「這樣啊。」

「沒有搜索令就進去是違法的妳知道吧？正在接受監察中可要小心點。」

「是啊，要小心點。」韓智秀站了起來。

「去了也找不到什麼，科搜組已經去搜過二次了。」孫志允幫韓智秀打開重案組的門。

因為擔心被調查的犯人逃跑，重案組的出入口內還裝了密碼鎖。

「啊，還有件事妳聽聽就好，金英學失蹤前說過，他常把大門鑰匙放在花盆底下就出門了。雖然不知道還在不在。」

「謝謝你。」

孫志允開玩笑般地舉手敬禮，她也舉起手回了個禮。比起揮手，這樣比較不尷尬。

太陽落在龍山警察署前斜坡上的巷子盡頭。一週的第二天正要結束，韓智秀加快了腳步。

4

隨著時間的推移，皮肉撕裂的痛苦漸漸淡化，但是記憶並沒有回來。李樹人很好奇自己到底住院多久了，要追溯到哪一天，才能看到連續殺人魔的面孔。但是無論他如何努力逆時回顧一天又一天，只要到了某個時間點，記憶就會停止。

時間越往前走，需要修復的記憶就越來越多，李樹人感到焦躁不安。

越是想要記起來，他的記憶就越錯綜複雜。今天和昨天一樣，昨天又像今天一樣。李樹人正在等著韓智秀刑警，看來能夠幫自己整理記憶的只有她了。不知怎麼地他感到安心。

病房門打開的聲音傳來，接著門又關上了。

樹人期待著接下來的聲音，他全身本能地緊繃起來。他聽到簡短地深呼吸，是韓智秀。

「韓刑警嗎？」

「您怎麼知道是我？」

馬上就聽到了回答，李樹人頓時放鬆。

「深呼吸。」

「啊，好像已經變成習慣了。」

李樹人的話似乎讓韓智秀不知所措。

李樹人有點遲疑地說出預先準備好的話。「那個……韓刑警，妳不需要感到抱歉。」

韓智秀連呼吸聲都沒有。既沒有安慰，也沒有抱歉。

所以感覺很自在。

她像走在雲朵上一樣，不聲不響地走過來。床邊傳來椅墊受到壓力的微弱空氣聲。

李樹人心想有一天要送給她一雙皮鞋。雖然皮鞋不適合刑警，但樹人想聽清楚她的腳步聲。希望可以毫不帶緊張地等待她走過來。

聽到拉椅子的聲音，接著又聽到「喀」的一聲，似乎是手指甲敲擊了什麼東西。

「我正在找五個月前失蹤的人。」

「是我知道的案件嗎？」

「我想是的。」韓智秀沒有任何補充說明，等待著李樹人的回答。

尷尬的沉默持續著。

不知怎麼地，李樹人覺得她似乎是在試探自己。他記得什麼，或是可以幫助調查什麼，不管是哪一種，都必須找到正確答案。

就像騎腳踏車一樣，只要學會了就不會忘記，李樹人決定相信自己的大腦並未崩解，可以好好完成調查工作。

他腦子裡直覺浮現了一個想法。「被殺了！」

「您……想起來了？」

「您」和「想起來了」之間有一、二秒的間隔。

「是 Copycat 做的。」

李樹人感受到韓智秀的緊張。呼吸聲停止了。

從她的反應李樹人就知道自己答對了。

「過去的我也會這樣說嗎?」

「或許吧。」

「那真是太好了。」

如果和過去的自己想法一樣,做出同樣的判斷、同樣的行動,那麼即使找不到記憶,自己也並非完全被抹去。李樹人稍微放心了。

他小心翼翼地挑選用字。「必須先找到屍體。」

「不是要先找犯人?」韓智秀問道。

這是明知故問的尷尬語氣,李樹人覺得她又在試探自己。

「有屍體才能證明殺人。」李樹人回答道。

對話終止了。樹人等待著她先打破沉默。韓智秀努力避免露出急躁的神色。

她在來到李樹人的病房之前,先去找了主治醫師韓鎮國。她想知道李樹人的狀況,只有先了解他恢復到什麼地步,才能決定共享哪些訊息。她認為只有這樣,才能朝連環殺人魔「Copycat」更進一步。

韓醫師將電腦螢幕轉向她,那是李樹人的病歷,X光片還有不知所以然的數值、專有名詞充滿螢幕。

韓醫師指著病歷說明，「骨頭沒有異狀，燒傷部位已經恢復得差不多了。視力方面，一部分視神經是好的，瞳孔反應也無異狀。雖然要用數據表達比較難，但我覺得他恢復的可能性很大。」說到這裡，他把兩隻手放在桌上交握著。

也許是對接下來要說的話感到有壓力，韓醫師瞇了一下眼睛。「只是記憶方面我無法預測。也許短期內會一直維持現在這種狀態。」

「即使記憶無法恢復，那認知能力和思考能力呢？會恢復正常嗎？」

「那當然，失去記憶不代表失去大腦機能。一般來說比起功能上的問題，失去記憶更有可能是心理因素造成的。」

韓智秀聽到「心理因素」感到安心，看來其他能力並沒有異常。

「記憶能恢復一部分嗎？」

「當然，不過，會從哪個部分開始恢復、會恢復多少，這誰也不得而知。連他自己本人都是。」

韓智秀覺得苦惱。那麼，他的記憶應該從哪裡開始回放呢？是他所經歷的事件、險些死去的瞬間、還是遭遇連環殺人魔的時刻？

不，比起來她更想知道李樹人想從哪裡開始找回記憶。焦躁感襲來，她的時間不多了。

韓醫師又接著說道，「從他的狀態來看，他本人很難將記憶認知為自己的記憶。」韓醫師的喉結動了一下，或許是咽了口唾液。

「可以簡單說明嗎？」

「正常來說一般人對某些事物即使有即視感，也會和自己的記憶相對照，知道那不是真的。但李樹人患者的狀況是不可能的，他根本無法分辨是即視感還是自己的記憶。」

「……原來如此。」

「所以如果擴大解釋，可以說他無法區分出哪個部分是自己創造的想像，哪個部分是記憶。」

照醫師的說法，即使逮到了 Copycat，也無法將他送上法庭。因為如果只找回部分記憶，那麼李樹人的證詞就不可能成為證明 Copycat 有罪的有效證據。就算讓 Copycat 站上法庭，如果他的律師緊咬著唯一證人李樹人警監記憶中現實和想像的模糊界限，會讓證據變得無力，最後很有可能 Copycat 被無罪釋放。

只有一個辦法，必須讓李樹人完全恢復記憶，這是唯一能讓 Copycat 站上法庭，為他所犯的罪行付出代價的方法。

「那麼，就只能這樣茫然地等下去嗎？」

「這是目前最好的方法。」

「沒有時間了。」

韓醫師拉下臉。人們總是問醫生時間，因為在醫院裡分秒必爭的狀況比比皆是，但現在情況正好相反。「以我作為醫生的立場來看，這樣太急促了，他恢復意識還不到兩週。」

「但是不能再等下去了。」

「他是病患啊。」

「不管怎麼樣都要讓他恢復記憶。」韓智秀站起身，看來沒有必要再聽下去了。連招呼也不打了，韓智秀轉身就要走，韓醫師用原子筆敲了敲桌子叫住她。

「過去的案件或許會有用。」

「……」

「分析案件過程中受到的壓力會刺激患者的大腦，如果是正面作用，可能會成為喚起記憶的催化劑。」

「如果是負面作用呢？」

「大腦因為壓力而想逃避，會啟動防禦機制，說不定會永遠抹去患者的記憶。」

「把屍體藏起來的目的是什麼？」最後還是李樹人先打破沉默。

「合理的選擇。」

李樹人好不容易才勉強聽懂韓智秀喃喃自語般小聲說的話。

「合理的選擇？」李樹人立刻反問。

把屍體藏起來是為了拖延罪行被發現的時間，製造不在場證明，爭取逃亡的時間。但如果犯人是連續殺人魔，情況又不一樣。隱藏犯行不是他的目的，他反而會想被發現。對連續殺人魔來說，把屍體藏起來不是合理的選擇。所以她的話不合邏輯。

他聽到她輕輕地吐了一口氣。

韓智秀像是有話說不出口卻在心裡不斷糾結，不知該怎麼辦似地不時嘆氣。

「那個 Copycat，您知道他專門以那些被無罪釋放的嫌疑人為對象，複製同樣的手法殺害他們吧。」

「我聽科長說過。」

「這回 Copycat 的目標是一名疑似殺妻卻偽裝失蹤的嫌疑人，名字叫金英學。他妻子的屍體到現在還未找到，所以只能先把他放了。我們推測他在釋放之後就失蹤，已經過了五個月了。」當然，她因此而接受監察的事就不用說了。

「沒有屍體的殺人案件……」

「沒錯。兩個屍體都沒找到。」

「兩起失蹤事件成為兩件沒有屍體的命案。」

「最後調查小組也將妻子的失蹤轉為殺人命案調查。雖然未能證實，但必然是 Copycat 做的，所以我才說是合理的選擇。」

李樹人等著韓智秀繼續說下去，他體內的某個部分似乎打開了開關，發熱、發麻、手掌被汗水浸溼，他緊抓著床單，一股興奮感正襲來。像是恢復本能的感覺，感覺他又重新開始追捕那個他所熟知的連續殺人魔。

李樹人本能地醒悟過來，追捕連續殺人魔是找回自己的最佳方法。為了掩飾嘴角的顫抖，他緊咬牙關。

韓智秀一直注意李樹人身體的細微反應，一邊繼續進行說明。她先把事件的整體概況解說過後，再依照項目詳細補充。

李樹人的聽覺更靈敏了，生怕漏掉任何一個字。不知是不是在看調查紀錄，傳出了翻閱紙張的聲音。李樹人偶爾點頭，給予認真傾聽的回應。

當提到不可或缺的核心部分時，翻閱調查紀錄的速度就會放慢；遇到冗長、不必要的部分就快速翻過。

光是從她翻閱調查紀錄的聲音，李樹人就可以知道哪裡是重要部分。他以她解說的內容為基礎，把整起事件圖像化，在腦中繪製關係圖、以線條連接，勾勒出調查的方向。如此一來也看出在說明中空白的部分。

「金英學殺害妻子的動機是什麼？」

「目前不得而知，如果發現的話，龍山署就不會那麼輕易放了金英學。」

李樹人又接著問道，「那 Copycat 為什麼要以金英學為對象犯案呢？」

韓智秀沒有馬上回答。

大概經過了從病房門口走到床頭的時間，韓智秀才回答。她的聲音中帶著遲疑。「這個問題的答案……得由警監告訴我才是。」

李樹人發現她腦子裡也縈繞著同樣的問題，同時他也意識到，他們兩人誰都不知道問題的答案。

再度陷入沉默。

李樹人從腦海裡的圖表中刪除了韓智秀需要回答的部分。也刪除了空白無法確認的事實。圖像漸漸變得單純，金英學的妻子失蹤及被害一事也暫時先抹去，結果只剩下一個。

「Copycat 失敗了。就目前來說。」李樹人不知不覺把腦海中的想法直接脫口而出。

「失敗？」韓智秀的音頻提高了半個音，然後用充滿不信任的聲音反問，「不會吧。金英學該不會還活著吧？」

「不，他被殺了。」李樹人說完馬上意識可能造成誤會，於是他又迅速補充，「兩起案件的受害者都失蹤了，但目的不同。」

「第一起案件，妻子的失蹤是金英學為了掩蓋殺人犯行而採取的手段。他成功了；第二起失蹤事件是第一起事件的重現，結果也成功了不是嗎？」韓智秀一邊說一邊回想自己有什麼地方遺漏了，語調謹慎又緩慢。

「Copycat 是以調查小組找到金英學的屍體為前提來設計犯罪。警方太快找到不行，但是沒找到也不行。如果太快找到屍體，就無法凸顯他想再現『偽裝成失蹤的殺妻命案』的目的，失去了模仿的意義；而如果找不到屍體，就會成為另一起新的失蹤事件。所以調查小組必須找到金英學的屍體，Copycat 這起犯罪才算完成。」

韓智秀猛然站起來，椅子被往後推，發出刺耳的聲音。「所以目前失敗的意思是……」

「Copycat 不管用什麼方式都會留下能找到金英學屍體的線索。」

韓智秀一時說不出話，她在腦中整理思緒，很快地傳來闔上檔案夾的聲音。

「要重新審視從一開始到現在的調查資料。」

一聲長長的嘆息聲接踵而來。

李樹人也確認了一件事，Copycat 精通的並非是在監獄內罪犯之間學到的犯罪手法，他很有可能是精通警方調查方法的人。

「Copycat 非常了解警方的調查模式，警察不會在基礎調查的路線上留下線索。」

「我與警監有同樣的想法，必須從與一般調查模式不同的視角來看這起案件。今天先這樣……我會再來的。」

跟來的時候一樣，韓智秀無聲地走出病房。只聽到門打開、又關上的聲音。

韓智秀沒有走醫院大門，而是往附設殯儀館的後門方向走，因為擔心在大廳遇到守株待兔的記者，要是被認出來會很麻煩。

李樹人目前的狀態是最高機密，只有寥寥少數的幾名警方高層以及直接指揮的刑事科長知道。警方對外一致的說法是警監李樹人「正在恢復中」。

後門並沒有任何看起來像記者的人。天色轉眼已屆黃昏，夜幕很快就會悄無聲息地降臨。

韓智秀拿出手機，確認錄音檔案。在按日期排列的表單最上方，標示了今天日期的檔案已產生。韓智秀開了封新郵件，附上今天的錄音檔案，傳送給吳大英科長。郵件傳送速度緩慢，她站在原地好一會兒。

韓智秀認為，李樹人警監自己並未意識到，但他記憶似乎正在恢復。看到他分析案件的精準程度，讓人有這樣的想法。在不知道事件概要的情況下，就能直搗核心，這並不僅僅是因為長期訓練出來的「感覺」。

手機螢幕出現郵件傳送完成的訊息。

韓智秀穿過殯儀館，沿著狹窄的道路走，路邊停了一整排的車，她習慣性地掃視車內，確認是否有潛伏的記者。

韓智秀露出苦笑。突然發覺自己總是用固定的視角觀察周圍。Copycat藏匿的屍體，若只用刑警慣用調查案件的眼光是找不到的。

她在腦海中把整個調查過程反過來思考。金英學失蹤了五個月後才報案。那麼這段時間，就算有監視器曾拍到金英學，也可能如同孫志允說的，紀錄早就被重複循環使用的帶子覆蓋掉了。Copycat想必也知道監視器錄影帶會循環使用，所以不可能會在上面留下能找到屍體的線索。

調查小組在接獲失蹤報案後確認金英學的生活軌跡，不只是通聯紀錄，還有醫療紀錄和信用卡消費等都逐一調查，但並沒有任何就醫紀錄，行動電話的通聯紀錄和刷卡交易也幾乎在差不多的時間之後就未再更新。最後一通電話是與兒子通話；最後一筆刷卡紀錄是在住家附近的超市，沒有特別調查的價值。

韓智秀認為理所當然，這種調查只有在嫌疑人與被害人有因果關係時才有效。調查紀錄中有金英學周邊相關人士的證詞，但一眼就看出只是形式內容，相關人士都表示從未聽說過金英學有什麼仇人，也說金英學不像是會犯罪的人。

金英學的通話紀錄中沒有特別值得注意的內容，通話明細並不多，甚至讓人懷疑是不是還有另一支匿名手機。龍山警察署針對金英學通聯紀錄進行調查，但未發現重複頻繁的號碼或值得懷疑的事項。一般調查會針對電話號碼進行逆向追蹤，調查對方身分，但調查卻未繼續進行就終止了。

龍山警察署明知用這種方式得不到任何結果，仍在進行調查，這是刑警無計可施的典型行為，這麼做是為了規避金英學的兒子提出調查不實的控訴。

稍微讓大家有點興頭的是金英學手機訊號最後的位置。訊號最後所在位置的基地臺，是在京畿道南楊州市的韓西面。金英學失蹤妻子的車子以及手機，就是在該基地臺半徑內發現的，因此調查小組認為他自殺的可能性較大，但是雖然動員了義警在周圍進行大規模搜索，還是未發現屍體，連金英學的手機也沒找到。

韓智秀不知不覺放慢腳步，最後乾脆停了下來。

Copycat傳達的訊息非常明確，這是對警察的嘲弄。Copycat可能在發現金英學妻子車輛及手機的地方附近將金英學的行動電話關機，就為了讓警察重新搜索那個地方。

調查紀錄上彷彿傳來Copycat嘲笑的聲音：透過那種機械性的搜索，就能找到屍體嗎……。

韓智秀從包包裡拿出科學搜查組到金英學住處現場鑑證的照片。她急忙走到路燈下，就著微弱的燈光翻閱資料。

照片是用彩色印表機列印出來的，解析度並不高，但看起來還算清楚。從住處的外部開始，逐漸進入到內部，完全依照現場鑑證手冊標準作業流程拍攝。現場乾淨得連翻找東西的痕跡都沒有，就像是房地產網站刊登的待售屋照片一樣。

翻了幾張，出現一張在玄關門把上用螢光粉採集指紋的照片。科搜組要員利用側光成功拍下了清晰的指紋照，但是附上透過 AFIS（自動指紋識別系統）查詢的結果，除了金英學的指紋外並未發現其他有效指紋。這是當然的結果，Copycat 在門把上留下指紋的機率比他被路過的巡警逮捕的機率還小。

科搜組只鑑定了表面，這是考慮到如果把房子弄亂了也找不到失蹤者的話，可能會引起民怨，所以事先預防的職業病。

韓智秀決定親自到現場看一看。她環顧四周，不知時間過了多久，除了路燈底下，四周一片黑暗。

她漫無目的地走著，連自己在哪裡都不知道。她很想立即奔到金英學的住處，但從過往的經驗中知道，比起在無光之夜做十次鑑證，還不如在白天做一次鑑證來得效果好。

韓智秀慢慢地走向大馬路。

對街公寓的燈光和商家的霓虹燈像另一個世界般閃耀，但比起喧囂明亮的世界，現在站立的黑暗讓她覺得更舒服。距離第二次監察調查還剩下五天，在那之前，必須找到金英學的屍體。

5

金英學的家在厚岩洞，是蓋在斜坡上老舊的獨棟住宅。

下午二點，寂靜的時段。正是竊盜犯罪好發的時段，在這個時間，就算翻牆也不會引人注意。

韓智秀在房子周圍繞了一圈觀察周邊環境，小巷子冷冷清清，櫛比鱗次的房子一點動靜也沒有，靜悄悄地。她踩著停在路邊的車子翻過牆，跳下來時腳踝稍微扭了一下，但並不影響走路。

院子裡的草坪被挖開，雜草長得很茂盛。門口的花草許久無人維護，都乾枯了。

她在花盆底下找到大門鑰匙。把略生鏽的鑰匙塞進鑰匙孔裡轉動，或許是因為太久沒用了，鑰匙卡卡的很難轉。好不容易打開門，一股夾雜著霉味和灰塵的陳舊空氣湧了出來，她打了個噴嚏。

玄關內散落著幾雙鞋子。韓智秀盯著鞋子思考，想找出有沒有鞋子不見了。在失蹤事件中，這是區分失蹤者是否為自發性失蹤的重要線索。但她很快就醒悟到這樣一點意義也沒有，因為沒有人可以幫她確認。

和玄關比起來客廳像是整理過了。用實木飾條裝飾的牆壁、不知是作者是誰的東洋畫、仿皮的灰色沙發、低矮的桌子、壁掛電視和矮櫃。

若沒有累積的灰塵，看起來就像是房子的主人才剛出門的感覺。

藉著透過窗戶照射進來的光線，她彎下腰貼近地板仔細觀察，有幾個鞋印被細小的塵土蓋在下面。她正想以足跡方向來推測移動路線時，猛然打消了念頭，因為她又不自覺地按照科搜要員的習慣觀察現場，這麼做沒有意義。

深呼吸，韓智秀大步地走進客廳內。她的腳步在灰塵上留下明鮮的印記。

韓智秀把矮櫃的抽屜拉出來，將內容物全撒在地上，雖然暫時遲疑了一下，但她對自己打破了身體習慣的模式，有種奇妙的快感。

像情緒激動的人一樣，她反覆拉出抽屜倒東西，客廳地板上瞬間堆滿了雜物。她根本就沒有想過會留下指紋，或破壞現場。她要找的是不一樣的，Copycat 故意留下來的東西，應該在這間屋子裡的某個地方。

她穿過客廳往臥房走去。衣櫥和化妝臺、抽屜櫃，靠牆的雙人床上被子皺巴巴的。別說綁架了，連去旅行的痕跡都沒有。

韓智秀把床墊翻過來，還拆了床罩，但什麼都沒有。從抽屜櫃的最下層開始一一打開，把裡面的衣服全拿出來堆在地上。

沒看到。明明就存在，卻像不存在一樣看不到的東西。她又翻了好幾遍，還是一無所獲。抽屜櫃像被掏空了肚子，張大著嘴危險地杵在一旁。

走出臥房，她朝廚房走去。

水槽裡收拾得整整齊齊，沒有待洗的碗盤。再看一遍，所有的東西都井然有序，好好地待在各自的位置。

感覺像是進入了尋找隱藏畫作的畫中。雖然看起來就像在裡頭，但還有一個隱藏版必須找出來。她生怕找不到，開始無端地焦躁起來。

她神經質似地猛然打開冰箱。一股寒氣撲面而來，冰箱到現在還沒有斷電，這有點奇怪。冷藏室裡，腐爛的蔬菜和吃剩的食物被黴菌覆蓋著。冷凍室裡堆滿了凍得像石頭一樣的食材。她把桌子拉過來，將冷凍室裡的東西一個個拿出來。

黑色塑膠袋裡的糕點、透明夾鍊袋裡的肉、白色塑膠袋裡曬乾的魚，一個個像磚頭一樣堆在餐桌上。冷凍室內逐漸清空，在深處找到一個用夾鍊塑膠袋裝的東西。韓智秀的手指尖發麻，她直覺不想用手去碰那團不明物體。看來科學搜查組似乎沒有好好確認過冷凍室裡的東西。

和科搜組要員在案發現場心裡所想的框架不一樣，在一般的失蹤事件中，他們要尋找的是犯人不經意落下的痕跡，而非故意留下的線索。

夾鍊袋裡有個被廚房紙巾包覆的小團塊，大小看起來像印章一樣。韓智秀打開夾鍊袋，拿出內容物，一層一層地揭開廚房紙巾，終於把最後一張紙撕下，它出現了。

被冰凍銀白的霜覆蓋著，那是一節被切斷的手指。是姆指，由於切割的斷面很光滑，所以可能是使用銳器（像刀一樣鋒利的兇器）故意切割下來的。

包裹手指的紙巾上並沒有血跡，看來應該是死了之後才切下來的。

是誰的手指？是金英學還是他妻子？這分明是他們兩人其中一人的，她拿起手指仔細察看。

沒有損壞，應該可以知道是誰的。

韓智秀將水槽內的水龍頭轉向了熱水。過了半天，水才逐漸變熱，在熱水沖洗下，冰凍的手指從指尖開始融化，指紋的曲折也展開了。她用廚房紙巾把手指仔細擦乾，從包包裡拿出粉餅，將粉刮下避免凝結成塊，把它撒在手指上。

她拿著手指在客廳裡翻找，找到一卷封箱膠帶，湊合著可以代替轉印指紋的膠帶。將指紋轉印在封箱膠帶上，非常清晰，足以識別。

她用手機拍下指紋照片傳送給 **AFIS**（自動指紋識別系統）要員金善洙警查。金善洙是她在中央警察學校同期的同學，不用多加說明，他就會以最快的速度確認結果。

過沒多久手機響了，是金善洙。

「身分確定了嗎？」連客套話都不用說了，韓智秀直接問結果。

「還真急啊。發現屍體了嗎？」

「還沒。」

「那就沒什麼特別的了。」

「為什麼？」

「跟不久前龍山署委託的指紋一樣。」

「誰的？」

「金英學。」

這斷指就是Copycat留下的線索沒錯。

但是現在這個要怎麼辦?感覺又再度變得茫然,要怎麼用手指找到屍體?

金善洙似乎又補充了幾句話,但韓智秀什麼都聽不到。

「喂?喂?韓智秀?」重複了幾次沒有回應,電話就掛斷了。

韓智秀把冷凍庫徹底清空,指尖都凍到沒有感覺了,但並未再發現Copycat留下的線索。

她用顫抖的手拿出手機,打電話給龍山署的孫志允。

「有什麼事嗎?妳在哪裡?」不知為何孫志允的聲音聽起來充滿了好奇。

「你現在可以來金英學家嗎?」

「怎麼了?發現什麼了嗎?」或許不是好奇,而是期待。

「金英學的手指。」

「……我馬上過去。」孫志允沒再多問,就把電話掛了。

韓智秀坐在沙發上,環顧亂七八糟的屋內,現在她腦中也一樣紊亂,就像把房子整個翻過來一樣混雜。猶如在尋找隱藏版畫作的過程中,她反而陷入畫作裡,好像什麼也分不清。

不知過了多久,遠處傳來警笛聲,聲音一直到門口她才回過神來。

韓智秀把大門打開等待孫志允。

嗚著警笛的巡邏車停在門前,孫志允獨自下車。他向穿著制服的員警指示了幾句話。

喧鬧的警笛聲和一閃一閃的警示燈瞬間悄無聲息。

「剛好下班時間怕塞車，急著趕過來所以才……」孫志允無緣無故地笑了起來。

韓智秀這才發現巷弄都變暗了。

孫志允越過韓智秀逕自進入屋內。「看來是個笨手笨腳的小偷啊，把現場搞得這麼亂。」

韓智秀對他的玩笑話有種安心感，看到亂糟糟的客廳，孫志允並不覺得驚訝，就像他早知道會這樣。

「沒有其它東西嗎？屍體的其它部分？」

「沒有，只有手指。」

「妳真了不起，連科搜組都沒發現……」孫志允習慣性地用手搓了搓光禿禿的頭頂，發出像用刷子刷瓷磚地板的聲音。「不是黑道做的，金英學更不可能自己剁掉手指放在冷凍庫裡，總之分明是被殺害的……。」

「手指是死後才被剁下來的。血都凝固了。」

「沒有屍體，只有手指。這到底是什麼意思？」

「我想這應該是找屍體的提示。」

「再怎麼精神不正常也不會把屍體的手指砍了放在死者家的冰箱裡吧，到底是誰，為什麼做這種事？真是讓人頭大。」

「Copycat。」

孫志允的眼神一下子變犀利。「模仿殺人？所以說，在這裡模仿殺人……他是模仿妻子失蹤的金英學，將其殺害並偽裝成失蹤嗎？」

「我個人認為是這樣。」

孫志允深深吸了一口氣。「這不是一起簡單的案件。」

韓智秀看到孫志允的視線在亂七八糟的房子裡打轉，最後停在被切斷的手指上。

「抱歉。」

孫警官揮了揮手。「有什麼好抱歉的，包括我在內，刑警和科搜要員在這裡搜過好幾遍了，但是都沒有特別確認過冷凍庫裡的東西，因為當時我們尋找的不是毒品或金飾品之類的贓物。今天若不是韓警官也不會發現這個證物。接下來我無論如何也要試一下。」

孫志允打電話給科搜組要求他們立即出動。「韓警官留在這裡也幫不上忙，妳最好還是先離開吧。」

韓智秀環顧布滿足跡的客廳，像事不關已一樣問道，「你打算怎麼跟科搜組說？」

「就說是某個轄區員警的一股熱血。」孫志允微微一笑。

「那我就先謝謝你了。」

「還是必須盡快找到金英學的屍體，否則我們兩人的監察調查都不可能輕易過關。」

留下孫志允在現場，韓智秀獨自走了出來，正好與在巡邏車內的員警對視了一眼。遠處似乎傳來了警笛聲。

早已過了下班時間，但光化門一帶的辦公大樓，到處可見忘記下班的燈光。

韓智秀腦中浮現一道連結，將金英學的斷指和連續殺人魔 Copycat 綁在一起，她加快腳步。

＊＊＊

首爾警察廳大樓像馬賽克一樣亮著燈的數百個窗戶，從遠處也看得清晰。有案子的組忙著辦案，沒有案子的組就忙著寫調查報告，下班的念頭連想都不敢想。

三樓犯罪行動分析組的位子都是空的，連一個留守辦公室的犯罪心理分析師都沒有，每個都根據首爾各警察署傳來的需求制定偵訊戰略，並親自進行訊問。

空無一人的辦公室反而讓韓智秀心情沉重。自己因為監察調查的關係而被排除在現場任務之外，也就是說，同事們必須多承擔一個人的工作量。

她打開電腦，進入內部網路。她寫的犯罪認定報告，仍被刑事科科長吳大英暫時擱置。看來吳科長目前還不想把金英學失蹤與 Copycat 的連續殺人案件連在一起。

韓智秀習慣性地站起來想去倒咖啡，突然感到胃部一陣絞痛，只得又坐回椅子上。仔細一想，這才發現自己一整天只喝了三杯咖啡，其它什麼都沒有吃。她等待著痛楚過去，額頭上冒出一滴滴的汗，胃部的絞痛如潮水，隨著固定的間隔湧上來，然後又退去。

韓智秀從抽屜裡拿出平時習慣吃的流質營養液，那通常是給住院病患補充營養用的。她打開蓋子。淡而無味的液體順著食道流下。不知從什麼時候開始，她就感受不到味道，連鹹、甜這類刺激性的味道也感受不到，久而久之覺得吃東西很麻煩，因此如果不是和別人一起吃飯，她經常就以這種病患吃的營養液裹腹。

韓智秀擦去額頭上的汗水，連上了SACS。其實她不確定要找什麼，但是現在這種情況說不定比較好。如果刻意為了找什麼而找，那麼身體習慣的固有模式反而會遮蔽雙眼。她決定相信自己的直覺，因為金英學的斷指也是這樣找到的。

她從最近發生的死亡案件目錄開始查找，意外事件與屍體，就像頭與尾巴一樣有著密切關係。光是一天之內發生的死亡事件目錄就超過一頁，死亡事件主要是自殺和意外。

韓智秀在查閱時，那一條條目錄彷彿被置換成一具具屍體，她腦中浮現Copycat將金英學的屍體遺棄在那些屍體之間。

在屍體之間？

雖然只是一閃而過的念頭，但不知為何韓智秀覺得充滿真實感。若要藏匿屍體，不一定非要在地上挖洞埋起來不可，那只是一般習慣性的想法。只要拋開對空間的執著，似乎就能看到被隱藏起來的屍體。藏身在事件與事件之間、屍體與屍體之間，如果這個假設成立的話……應該就可以找到。

假設Copycat把金英學的屍體藏在其它死亡案件中，那節斷指分明就是他拋出的線索。

她從最近五個月發生的死亡事件中篩選出一些身分不明的案件，初步出現十多起案件，她抽出來逐一確認。因為是單純的死亡事件，在沒有管理者許可的情況下可以閱覽。

第一件和第二件都是在漢江發現的浮屍，韓智秀先把已確認是女性的第二件排除。第一件的屍體在水中泡太久，手指已經不在了。由於腐壞嚴重，身分不明，龍山署委託進行DNA分析，但與失蹤者資料庫配對並未找到一致的DNA，當然就無法確認身分。

她再確認第一件的驗屍報告，報告中描述在屍體的肺部發現水及浮游生物。肺中有水和浮游生物代表在掉入水中時人還活著，死因是溺死。就算Copycat把金英學的屍體遺棄在漢江，也不可能在已經被殺害的屍體肺部發現水和浮游生物。這一件也排除。

第三件是奉天洞考試院一起火災事故中死者的屍體，是首爾廳火災組鑑定的。那起案件共發現三具屍體，被發現時全都極度毀損呈現焦屍狀態。屍體的燒燬程度嚴重，除DNA外，沒有其他可以確定身分的線索。

三具焦屍中，韓智秀一樣先排除一具推測為女性的屍體，再查看另外兩具屍體的驗屍報告，報告中指出兩人的氣管中都發現了濃煙的痕跡。在氣管中發現濃煙痕跡代表火災發生當時仍在呼吸，所以這兩具也都不是金英學。

接著是在江原道發現的兩具骨骸，是因土石滑落被沖到山腳下而發現的，但同樣也很難判定是金英學，因為如果是Copycat，不可能把屍體埋在一個不知道什麼時候才會被發現的地方。在山上被發現的自縊屍體也不是金英學，雖然屍體腐敗嚴重，還被動物破壞，無法確定身分，但是根據驗屍報告，兩手的大拇指都還在。

韓智秀將焦點集中在被歸類為遭他殺的案件中。

剩下兩件。

一件是安山檀園警察署轄區內的始華湖周邊發現的屍塊，另一件是忠清北道丹陽警察署管轄的農水路上發現被燒燬的屍體。

韓智秀針對這二起案件提出共覽申請，因為不是首爾廳管轄範圍內的案件，取得許可需要一點時間。

據推測，丹陽警察署轄區內農水路的屍體是遭遺棄，並在現場縱火焚燒。在氣管內未發現煙燻的痕跡，從屍體周圍殘留的油類痕跡來看，顯而易見是先殺害後焚屍。屍體周圍雖然留有衣物和隨身物品的殘骸，但沒有可以確定身分的直接線索。只剩下ＤＮＡ。

再確認事件發生時間。從屍體腐壞程度來看，屍體被遺棄的時間可以追溯到發現前二個月左右。從時間上來看與金英學失蹤的時間有出入，但由於無法準確推測屍體腐敗的速度，所以還是無法完全排除可能性。另外，該屍體的手指全都受損，所以很有可能是金英學。

最後一件是在始華湖防波堤附近發現的屍塊，受到媒體高度關注。雖然沒有直接關係，但這起案件連韓智秀自己都記憶猶新。本案的分屍手法不同於一般分屍案從關節處切割屍體，而是直接從腰椎處切成二等分，如此特異的手法成為媒體大肆報導的焦點。屍體的上半身和下半身先後在周邊被發現，但頭部和被切斷的手指一直下落不明，因此本案始終無法確認死者身分，只有ＤＮＡ是唯一線索。

案件發生時間推測為五個月前，與金英學失蹤時間一致。

韓智秀認為在始華湖發現的屍塊，有很高的可能性是金英學。不會有殺人犯在切掉死者手指後，還將屍體燒燬，以雙重手法刪除身分。

突然間韓智秀呼吸急促，就像恐慌症發作一樣。如果孫志允從金英學被截斷的手指上提取ＤＮＡ樣本，委託國立科學搜查研究所分析，就能確認與基因數據庫中屍塊的ＤＮＡ是否一致。這個結果幾天後就會出來。

但是韓智秀不想等。她將始華湖事件及相關的現場鑑證報告、驗屍報告都各列印一份。說不定李樹人警監會比ＤＮＡ分析更早確認是不是Copycat犯下的罪行。

辦公室一角的公用事務機傳來資料列印完成的聲音。韓智秀收拾好包包起身。呼吸順暢多了。她得再去找李樹人警監。

滴水未進的她舌頭乾得像樹葉一樣沙沙作響，她迫切地想要來杯咖啡。

6

有人打開了病房的燈，李樹人打了個寒顫。沒聽到開門的聲音，也沒聽到腳步聲。

自從減少止痛劑的劑量後，身體的疼痛變明顯，使得李樹人總是睡不沉、睡不熟。不過他時不時會小睡一會兒，進入連自己睡著都不知道的短暫睡眠。

有人在這短暫時間裡來到病房內打開了燈。

李樹人在被單裡移動脈搏計和點滴針頭，他豎起耳朵，一想到有人可以立刻伸手過來掐住自己的脖子，就不禁發暈。他屏住呼吸在心裡數數，可是數到超過三十了，病房裡卻沒有一點聲息。如果要加害於他，現在早就該下手了。

李樹人悄悄挪動身體，濕透的病患服貼在背上。

在害怕什麼？

被這種恐怖所困擾，他感到很驚慌。在失去記憶、連眼睛都看不到的情況下死掉並不可怕，他害怕的是在不知情的情況下被殺害。無法回憶起 Copycat、害怕抓不到 Copycat 的恐懼感正在升溫。

李樹人看見亮著燈的天花板。在原本如同完全封閉的暗室一般的眼裡，透進來針孔般的光，現在似乎可以區分光和暗的差異了。

他決定先不告訴韓智秀這件事。雖然很難說，但這麼一點復原太微不足道，而且視力恢復並不代表記憶也會恢復。現在最重要的不是視力，是記憶。

李樹人隨時倒轉時間，反向回想一天又一天。如果追溯了一天，就能再追溯更遙遠的一天，這樣持續下去自己應該想起的那一天就會浮現腦海。如果從最近的記憶開始回想……

突然睡著了，然後燈亮了。再往前推是吃晚餐。吃晚餐時湯匙掉了，湯匙是用輕盈的塑膠材質製成，掉下去也沒什麼聲響。然後再往前推，金護理師和李護理師進來換點滴瓶。其實李護理師自己一個人也可以很熟練地更換點滴瓶和抽血，但她們總是兩個人一起來到病房。

時間再往前推，李樹人去做了檢查。金護理師和李護理師推著移動床，床的輪子嘎吱嘎吱滾動的聲響中，摻雜著金屬碰撞的聲音，那是全副武裝的崔巡警每次走路都會發出的聲音。

離開病房移動時走廊很安靜，除了他們，似乎沒有其他人。李樹人有種在紅綠燈都靜止的道路上奔跑的感覺。除了病患專用電梯，其它似乎已經暫停運行，聽不到客用電梯運轉的噪音。走廊之所以安靜，是因為控制了客用電梯的運行。這意思是說，病房外很危險。

現在，他再想起一天之前的一天。韓智秀警官有來嗎？

突然間聽到開門的聲音，打斷了他的思緒。

「應該沒打擾您休息吧？」是韓智秀。她這麼晚來還是頭一遭，李樹人猜想應該是發生了什麼不尋常的事情。

他舉起手代替問候。

「我來得太晚了吧？」

「很嚴重的事嗎？」

她短促的吐氣聲聽起來比剛才距離更近。

「在始華湖發現了屍塊，推估案發時間大約在五個月前。死者身分未知。」

韓智秀用差不多像「隔壁有人搬來了」這樣的平淡語氣，把分屍案件「咚」丟過來。

「在始華湖堤坊邊的釣客發現疑似人的腳掛在水閘上，嚇得趕緊報警。經查那是一名男子的下半身，不久後在五十公尺外發現上半身。」

韓智秀不疾不徐的說，但李樹人全身的血液卻快速循環。

李樹人先提出問題。「是……Copycat 做的嗎？」

「咚」他聽見指尖敲打某種堅硬表面的聲音。

「我想聽聽李警監的想法。」這就是她在這大半夜前來的原因。韓智秀希望從李樹人這裡得到確認，始華湖分屍事件是不是 Copycat 所為。

李樹人坐直了。「我能找回記憶，抓到 Copycat 嗎？」

「一定可以的……就算警監無法恢復記憶，那個傢伙最後還是一樣會被繩之以法。」

韓智秀的聲音中感受不到任何溫度。李樹人對於她冷淡又像嘲諷的話並未覺得受傷，反而感到安慰。

韓智秀乾澀的聲音使她的話聽起來就像客觀有力的事實。

「一定會抓住的。只有這樣……才能活下去。」李樹人害怕除了被確認的三起殺人案件之外，不知道還有多少 Copycat 犯下的暗數事件（沒有屍體、沒有報案、沒有搜查的事件），隨著件數增加，自責感也會跟著加深。必須回想起來才能抓到那個傢伙。

「我相信。」韓智秀簡潔地說，一樣是不帶感情的語調。

李樹人反而慶幸自己和她能像這樣在心理上保持適當的距離。

「在始華湖發現的屍塊狀況如何？」

韓智秀似乎在翻閱案件報告，李樹人聽到紙張沙沙作響的聲音。

「屍塊腐壞情形並不嚴重，犯人用銳器從腰椎將身體切成二等分，然後用被子包住了屍塊。」

「身體其他部位有損壞嗎？」

「十根手指都被切掉了。」

「還有嗎？」

「頭部和內臟全都不見了，很荒誕吧。」韓智秀用「荒誕」形容，而且也沒有準確說明兇器在腰椎間切割了多少次。

李樹人心想，這不應該是她會做的回答。

殺人犯會分屍通常是基於經濟上的理由，就像大魚得切成塊才容易攜帶。要一般殺人犯拿工具切割屍體，那會搞得自己被濺得渾身是血，他們才不甘心受這種苦。逃亡都來不及了，還要花時間肢解屍體，大部分原因與移動有關。也就是說，移動時帶有胳膊和腿的全屍體很不方便。所以必須知道屍體是從哪裡運來的。

李樹人思考的時間比較久，韓智秀突然插話。「切掉手指和頭是為了隱藏受害者的身分吧？」

那是當然的，指紋是確認屍體身分最基本的線索，而那傢伙把手指切斷了。而且那個傢伙應該知道得更多。他知道比對牙齒狀態和牙科記錄，也可以確認身分，所以把頭也切了。

「妳說屍塊是用棉被包起來的？」李樹人問道。

「對，那棉被就像在市場裡賣的，到處都可看到的那種，所以這個線索也等於沒用。」

「如果故意抹去被害者身分……」

「犯人不想讓我們知道是誰，那是他的目的。」

「不，如果是Copycat的話，應該會設計讓被害者身分被查明，因為這樣就可以知道是誰犯的案。」

「怎麼可能……這是您的推論嗎？」韓智秀停頓了一會兒才提問。

「犯人是男的，而且是熟人，當然應該有車。而犯人的居住地到棄屍的始華湖之間的距離，超出他的心理支撐線很多。」

「還有呢？」

「第一犯罪現場應該是被害者或犯人的住處兩者之一，沒有其他家人同住的住處很可能就是第一現場。」李樹人對自己口中突然脫口而出的「心理支撐線」這樣的詞感到陌生。明明知道意思，卻不知道是從腦海中哪個部分蹦出來的。

李樹人覺得自己的其他記憶並沒有消失，而是留在腦海中的某個地方，只是不知道怎麼拿出來。

「為什麼是男的，又為什麼是熟人？」韓智秀繼續提問。

「不切掉腿或其他關節，而是從腰椎直接切斷，表示只要切成二等份就可以移動了。雖然比較重，但他為了避開別人的視線，所以將屍體切成便於移動的大小，這是他率先考量的原因。因此一般來說，犯人是力量大的男性的機率很高。」

「熟人犯案呢？」韓智秀問的問題都很基本，就像什麼都不懂的老百姓會問的問題一樣。如果是普通人，會因為「屍塊」這種詞的強勢語感而關注事件的型態，直接說是變態殺人犯什麼的。但是身為刑警，應該注意的是為什麼分屍的本質，而本質就伴隨著熟人犯案的結果。

「殺人後辛辛苦苦將屍體肢解後遺棄，這意味著如果屍體在殺害現場被發現，自己將會被指定為最具嫌疑的人。」

「所以是熟人犯案啊。」

「單純埋葬或直接棄屍，目的通常是為了拖延發現犯罪事實的時間，但如果是分屍的話……」

「犯罪場所是犯人或被害者的家嗎？」

「用被子包裹屍體，意味著在家中殺死並分屍，但到目前為止，罪行都還沒有被發現，所以很可能是兩人其中一人的住處，而且是獨居的房子。」

韓智秀似乎同意他的回答，暫時停止提問。

李樹人有一種通過階段性考試的感覺，等待著她接下來要說的話。

「嗯……為了搬運屍體需要車子，如果利用了車輛，就代表沒理由遺棄在殺害現場附近是嗎？」

「沒錯。」李樹人在腦中整理分屍案的概要。犯人的形態被具體勾勒出來，但是與Copycat的特徵相悖。

這次事件是切斷手指、頭，故意抹去被害者的身分。如果刪除身分，就能達到掩蓋犯罪事實的目的，但這樣就與Copycat慣有的作案目的相反，沒有嘲諷也沒有留下訊息，純粹為了殺人而殺人。

這是Copycat想要的嗎？別人不知道是自己犯下的案子，這對Copycat來說不就沒有意義了嗎？

韓智秀為什麼這麼篤定這是Copycat的連續殺人案之一呢？現在輪到他提問了。

「應該還有雖然刻意抹去，卻無法完全消失的關鍵線索。」

「警監認為是什麼呢？」

李樹人認為不管是什麼，一定是可以確定屍塊身分的關鍵。「被切斷的頭或手指？」

韓智秀短促地吐氣聲傳來，然後她沉默了。

李樹人對韓智秀的沉默感到不安。

「那個……您是不是想起了什麼？」短暫的沉澱過後，韓智秀問道。

李樹人覺得韓智秀的提問和主治醫師提問時的語感不一樣。主治醫師單純是問他的狀態，而韓智秀的提問語氣中帶有「期待」的感覺。

「目前還沒有……真抱歉。」

「嚇我一跳，因為推測得太準確了。今天在金英學家中冰箱的冷凍庫裡發現被切斷的手指。」韓智秀一向冷硬的聲音中感覺到一點生氣。

「手指的主人是金英學嗎？」

「對。」

「把樹藏在森林裡啊。」

Copycat把金英學的頭和手指切掉，除去身分辨識要件的屍體藏在在五個月前的其他死亡案件中。警方可能在五個月前將屍塊的DNA交給國立科學搜查研究所查驗，但在DNA數據庫中找不到一致的基因，因為在五個月前，金英學尚未被發現已失蹤，數據庫裡沒有金英學的DNA。

然而樹最終成了森林的一部分。Copycat設計了犯罪，把樹藏在森林裡，以避免太快被發現，但也不能太遲，所以同時在冰箱冷凍庫裡留下一節被切斷的手指作為提示。

「沒錯。因為認不出樹，所以一直在森林裡徘徊。」

李樹人從韓智秀的聲音裡感受到驚慌和憤怒交織的情緒。

「最終找到樹的是韓警官。現在才要開始。」李樹人希望韓智秀的表情可以稍稍放鬆一點。他話音剛落，又傳來指尖敲擊堅硬表面的聲音。

李樹人這才意識到那個聲音是在敲擊手機螢幕。兩人的對話韓智秀一直都有錄音。

韓智秀從椅子上站起來的瞬間，因眩暈而不得不抓住床角。無數黑點聚集在眼前，然後又慢慢的消失。這一天好漫長，而且還沒結束。沒有咖啡，韓智秀本想喝杯水也好，但她還是放棄坐回到椅子上。病患服上的花紋像漩渦一樣扭曲。

李樹人看著她，不對，是對聲音做出反應，用看不見的眼睛望向她。

「按照警監的分析，Copycat與金英學兩人認識嗎？」韓智秀重新開啟了手機的錄音功能，隨著聲音的震動，螢幕上的曲線也出現了波動。

「也許吧，沒有入侵、沒有衝突、沒有綁架、沒有共犯的殺人，除了熟人關係的假設之外根本站不住腳。而且Copycat甚至連金英學獨居，沒有可以申報失蹤的同住者這一點都設想到了。」

「那麼警監推測Copycat可能是金英學周邊的人嗎？」

「不是金英學周邊的人。他對殺人不帶感情，而是非常有計劃的理性犯罪。」

「很了解金英學，但不是他周邊的人……從這裡開始調查。」

「對。」

「怎麼說呢？」

接著是一陣沉默。韓智秀看到李樹人的視線經過自己停留在半空中，可以看出他的狀態真的好多了。

她不斷觀察李樹人回答問題、推論的樣子，雖然擔心他的記憶會不會因為承受不住壓力而想逃避，但還是逐漸提高問題的強度。

而李樹人比預期中做得更好，還能指出她沒有掌握的部分。在失去記憶的情況下，聽到寥寥幾句事件概要，就能把分屍案和手指以及Copycat放在同一條延伸線上，這可能嗎？韓智秀確信，李樹人正逐漸接近失去的記憶。

她感到他的目光再次移到自己身上，就像看得見她一樣。

「Copycat……是跟我們公司有關聯的人。」

「我們公司？」韓智秀不自覺地脫口反問。「公司」一詞是刑警們在外調查時，為了避免引起一般人注意而使用，只有自己人知道的暗語。

他記得暗語！

「Copycat知道得太多了，他若不是在公司內部，就是內部有人在幫他。」李樹人並沒有注意到她反問的意思。

「那麼應該是有年資的部長吧？」

在警察中，「部長」是指資歷深、但未晉升到主管職的年長警官，這是刑警間的另一個暗語。

「是啊，也許Copycat比我們想像地還要近。」李樹人毫不猶豫地接了話。

韓智秀覺得連自己的名字都記不住的李樹人警監竟記得刑警之間用的暗語，這非常有意思。

「我很好奇Copycat會以怎樣的面貌出現在警監的記憶中。」

「……其實我很怕，出現的是我認識的臉。」

韓智秀看著李樹人雙手用力交握，連手指都變白了，似乎可以理解他所感受到的恐懼。必須改變話題。

「您最近有作夢嗎？」

「藥的劑量減少之後就睡不好，所以根本不到可以作夢的地步，大多是短暫瞇一下而已。」

「您應該好好睡一覺才是。」

「吃藥後，腦子裡就會像蓋上一層薄膜一樣朦朧。在 Copycat 再次殺人之前，應該盡快回想起來才行。」

韓智秀慢慢站了起來，隨著眩暈症的消退，一切都顯得更客觀清明。

連續殺人魔 Copycat 和失去記憶的追蹤者，還有她。

李樹人確認，五個月前發現的屍塊是遭到 Copycat 殺害的金英學。她真切地體會到，翻找李樹人腦中記憶是逮捕 Copycat 的最正確途徑，她不得不繼續來找李樹人。

韓智秀又覺得恍惚了起來，她搖搖頭說道，「您休息吧，這樣有才力氣追蹤 Copycat。」

李樹人沒有回答，而是把背筆直地往後靠。

韓智秀結束錄音，把剛產生的檔案用郵件傳給吳大英科長。

郵件寄出後，隨即收到吳大英科長的回信。吳科長傳來的郵件裡附了三張照片。這是前所未有的事。

韓智秀打開附加檔案確認照片。第一張是案發現場的照片。被害者應該是已經移走了並未看到，現場的地上是一攤攤血跡。血流成這種程度，被害者肯定無法倖存，這顯然是殺人案件。

韓智秀看著照片，眼前產生即視感。雖然是第一次看到的現場照，卻似曾相識。

第二張照片看起來是遠處拍攝的現場全貌。那是是一間獨居套房室內的照片，翻倒的椅子和地上散落的電腦螢幕等物品，看來被害者和犯人發生了肢體衝突。

地上印滿明顯可以區分鞋底花紋的血痕足跡。

第三張是屍體的照片，男性，上半身佈滿了大大小小的刀痕。

韓智秀這才明白吳科長為什麼傳這些照片給自己，因為他知道她現在和李樹人在一起。

這是 **Copycat** 犯罪的現場照。

嗡。

手機震動，有訊息傳來了。

李樹人聽到震動聲，視線移到韓智秀身上。

韓警官看到照片了吧？明天和李樹人警監一起去現場看看。

訊息中吳科長直接了當地指示。

我知道了。

韓智秀回傳訊息，她看著李樹人，一眼就看到他露出緊張的神色。韓智秀短促地深呼吸。

「怎麼了嗎？」李樹人問道。

「是壞消息，**Copycat** 打破了冷卻期。」

「怎麼會這麼快……」李樹人似乎發出一聲嘆息。

「科長指示明天要我帶李警監一同到現場。」韓智秀盡可能以公事化的用詞和乾澀的聲音說道。

李樹人沒有回答。

韓智秀朝向門的方向走了幾步，李樹人的視線跟著她。

「您早點休息吧。明天會是不輕鬆的一天。」

「怎麼會這麼快 」李樹人反覆說著不知含義的話。

韓智秀走出病房前，又再看了一眼李樹人，在蒼白的燈光下，他完全就是個虛弱的病人。門慢慢地關上了。

7

孫志允拿出香菸叼著，本想點火但不自覺地苦笑了一下。其實他本來沒想要抽菸，只是當意識到時香菸已不知不覺到了嘴邊。在案發現場抽菸和直接穿著鞋到處走一樣是禁忌，這是無視科學搜查小組的無知行為。他搖了搖頭。

孫志允依舊叼著未點燃的菸。在亂七八糟的現場，光是叼著菸就已經很安慰了。

屋裡很暗，所有物品都只剩下輪廓，全變得模糊不清。孫志允把燈都打開。嘈雜的警笛聲逐漸接近，最後在門前停了下來。

聽到鬧哄哄的聲音，門打開了。

穿著全身防污服，戴著口罩、頭套和鞋套的科學搜查小組要員進來了。雖然只露出眼睛，但一看就認出是高京植警查和科搜組的菜鳥崔正弼巡警。

崔正弼巡警為了保護現場證據，一進門就在客廳地板上鋪現場通行板，卻突然停了下來，因為他看到孫志允泰然自若地穿著鞋子，還叼著菸站在裡頭。客廳的地上滿是孫志允和韓智秀的腳印，就像市場內的通道一樣。

高京植朝著孫志允筆直走來，「五個月前失蹤的人，家裡還會有什麼東西。你是故意的嗎？為什麼沒事找我過來？」

「就是啊，上次鑑定的時候如果仔細一點，就不用這麼麻煩了。」

高京植的視線迅速把屋內掃了一遍，向孫志允問道，「搞什麼啊，這裡怎麼這麼亂？」

孫志允把嘴裡叼著的菸拿下來，指了指水槽。

「那是什麼？」一臉不滿的高京植表情瞬間變得嚴肅。

「金英學的手指。」

「失蹤者的手指為什麼會出現在這裡？」

「就是說啊。」

「這裡一片混亂又是怎麼回事？」

「我為了挖出證據所以弄得一團混亂。」孫志允用含混不清的笑容迴避高京植的視線。

「毫無理由挖出的遺物和竊盜沒什麼兩樣，這你知道吧？」

孫警官再也找不出藉口了。「挖的也好，盜的也罷，總得要找嘛，如果殺人案件以失蹤結案，那那個怎麼解釋？」

高京植一臉不情願地閉上了嘴。

「金英學被 Copycat 殺了。」

聽了孫志允的話，高京植頓時眼睛瞪大。看到前輩的表情，崔巡警也明顯露出緊張的神色。

「從殺人到失蹤，Copycat 原封不動地重現金英學的犯行手法。」孫志允重複韓智秀的話，這麼說其實有點傷自尊心。

就在自己以為無事可查而拖著耗時間的時候，非轄區的一名首爾廳的警官插手其中，還找到了被切斷的手指，並清楚指出與 Copycat 的關聯性。這等於是完全剝奪自己案件的主導權。

孫志允神經質地把手中的香菸捻皺，喃喃地咒罵，聲音在嘴裡打轉然後又消失。

「被切斷的手指是什麼？」

「找到金英學的提示。」

「用那個？怎麼找？」

「從現在開始就要找答案。」孫志允在尋找金英學的屍體這方面，不想輸給韓智秀。

「連手套也不戴汙染現場，到底在搞什麼啊？」

「抱歉，被切斷的手指已經確認是金英學的，你幫我找找看上面有沒有留下可能是 Copycat 的痕跡，如果出現其他痕跡，就可以證明他殺害了金英學。」

「老么，聽到了吧？地板的足跡和散落的東西就別管了。從可能侵入的路徑，找找看有沒有遺留的指紋或入侵的痕跡。」

崔正弼一邊應答一邊忙著把裝備拿出去，從客廳的窗戶可以看到外面便攜式燈光閃爍著。

高京植等到崔正弼出去了，才板著臉問孫志允，「現在可以老實告訴我了吧，這樣我才能幫忙啊。」

「什麼？」

「你當刑警又不是才一、兩年，搞成這樣根本就不是你會做的事，你可是重案組的刑警啊，不可能會這麼有創意。」

孫志允無話可說，只得全盤托出，「找到斷指的，是首爾廳的刑警韓智秀。」

「行動分析組的？」

「對，她也因為金英學失蹤一事而成為監察對象，她判斷金英學不是單純失蹤，應該是被Copycat殺了。而Copycat不會隱瞞罪行，反而是想暴露出來，所以應該會留下關於殺人的線索。」

高京植點點頭，「所以才亂搜一通嗎？」

「是啊，因為已經用刑警模式進行了兩次現場鑑證，卻什麼都沒找到。」

「手法雖然粗魯，但比我們強。」高京植露出苦笑。

如果現在有鏡子，孫志允心想自己的表情應該也一樣。

「好吧，我們也要做好我們的事。」高京植熟練地解開幾個螺絲，去除冰箱門上的面板，瞬間分離出把手。

他從印有「KPSI」標誌的鋁包裡拿出毛刷和黑色粉末，在把手內側採集指紋。

不知是不是因為空氣不流通，高京植的額頭上冒出了汗珠。

「如果這上面有Copycat的指紋，那上次應該就驗出來了吧？」

高京植停下手看著孫志允，「Copycat也有可能是在我們現場鑑證過後才把斷指放進冰箱的啊。」

孫志允這次也沒能反駁。這話說得沒錯。

高京植在手把前後揮動毛刷，再用多功能膠帶採集指紋。

「除了重疊的之外，看起來有五個鮮明的指紋，但這五個指紋重複，看來是韓警官的。光看這指紋，要說她住在這間屋子裡，我也相信。」

高京植的玩笑話讓孫志允無話可說。這是兩人預料之中的事。

高京植還在裝了手指的夾鍊袋上發現指紋，但他看著孫志允搖搖頭。那上面也只有採到韓智秀的指紋。

「我回實驗室確認一下包手指的廚房紙巾，因為那個要用茚三酮[2]的溶液浸泡晾乾才驗得出來，需要一些時間。」

「知道了。雖然沒有什麼期待但如果有什麼發現立刻跟我聯絡，多晚都沒關係。」

高京植還拍了冰箱把手、塑膠袋、被切斷的手指的照片，然後整理指紋採集工具，放進鋁包裡。

「DNA呢？」孫志允問正在收拾的高京植。

「你直接送去國科搜吧，拿手指去比送樣本要快。」

「現在去也可以嗎？」

「你去找基因分析室的林修根博士，我會先打給他，只要先跟他知會一聲就可以緊急檢驗。」

---

2 Ninhydrin。

「謝了。」

高京植默默地把斷指放進證物袋內，然後把滾到地上的冷凍肉團一起包起來。

「這樣拿去，可以勉強湊合，防止移動中可能出現的腐壞。」高京植用熟練的手法重新組裝好冰箱把手，並擦掉粉末。接著他摘下手套、帽套、口罩，深呼吸了幾下，汗水浸溼的臉上留下了菱形的口罩痕跡。

「辛苦了。」孫志允微微行禮。

高京植匆匆忙忙回了個禮，就提起裝備走出去。窗外隱隱約約的便攜式光源也熄滅了。

孫志允把室內的燈一一關掉，房間熄了、廚房熄了、最後客廳也熄了。

＊＊＊

孫志允的車經過城南，從草月交流道進入通往原州的高速公路。

腦海中浮現的想法錯綜複雜。他掏出香菸，含在嘴裡點燃。他想起韓智秀訊問金英學的場面，那是金英學被轉成嫌疑人的第二次偵訊。韓智秀在訊問過程中一直努力從金英學的回答裡找出錯誤，她甚至反過來詢問金英學陳述的不在場證明。

據韓智秀的說法，沒有實際行動，用謊言編造的不在場證據，若反過來陳述時，就會暴露出漏洞。但金英學不管怎樣都陳述得很順，他若不是真的無辜，就是計劃嚴謹的犯罪。韓智秀比任何人都想逮捕金英學。記得結束第二次偵訊時，韓智秀的眼睛裡佈滿了血絲。

孫志允感覺韓智秀的調查並不客觀，似乎夾雜著某種情感。尼古丁吸入肺臟深處。孫志允希望像呼吸停止一樣，思緒也停止。刑警應該腳踏實憑證據逮人，不是憑想法抓犯人。

突然嗆到，忍不住狂咳。孫志允熄了菸，腳踩油門，舊款的現代Sonata汽車發出了呻吟。可能是平日的關係，路上沒有塞車，這樣九點之前應該就能抵達國立科學搜查研究院。離開南原州收費站的時間是八點四十分左右。車子減速，現在距離目的地不到十公里。他確信透過DNA分析可以獲得些什麼，這是刑警的直覺。

在國科搜門口確認過證件後進入停車場。停車場內雖然又黑又冷清，但本館大樓卻燈火通明。

孫志允停好車立刻直上三樓。如果是一般情況，應該在一樓證物接收處遞交證物按程序進行，但他決定直接去找高京植所說的林修根博士。

林博士身穿實驗白長袍獨自在三樓緊急精密鑑定室。四十多歲的他有著圓圓的臉龐，給人的印象很可愛。

「應該不是因為我的關係而無法下班吧……」

「不要有壓力，我已經聽說有需要緊急鑑定的東西。」林博士沒有一絲不耐煩地歡迎孫志允。

緊急精密鑑定室裡密密麻麻放著電腦和功能不明的分析儀器，儀器運轉的低聲噪音填補了空白。

林博士操作著牆邊桌上的玻璃實驗器具。孫志允嚇了一跳，在國立科學搜查研究院居然還在用那種傳統的實驗器具。

林博士把用玻璃器具提取的黑色液體倒進杯子裡，「來到實驗室應該喝一杯，這不是毒藥，所以不用害怕。」

看他的笑容分明在開玩笑，但孫志允卻無法爽快地接過杯子。

「是手沖咖啡，我用分液漏斗加上漏斗、燒杯，親自粹取的。已經稀釋過了，不過如果覺得太濃就再加點水。」

孫志允莫名地覺得咖啡裡好像會有化學藥品的味道，他戰戰兢兢地喝了一口黑色液體，雖然有點濃，但很順口。

「挺好喝的。」

林博士就像得到稱讚的咖啡師一樣，臉上閃過滿足的笑容，「好，聽說從冰箱冷凍庫找到被害人的手指，是被 Copycat 殺害的？」

孫志允把金英學失蹤以及在他家冰箱發現斷指的重點簡短說明一遍，還補充說明金英學是殺妻嫌疑人，目前兩人都處於失蹤狀態。

林博士在孫志允說明的時候，皺了幾次眉頭，這似乎是他的習慣。

「所以推測金英學被殺害了。從在冷凍室發現被切斷的手指來看，這個推測是合理的，而且用相同的手法殺害被釋放的嫌疑人，所以認為這應該是 Copycat 的連續殺人案。」

「是的。」

「好，來吧，用這次新購置的分析儀器，兩個小時就可以分析出ＤＮＡ。透過這個儀器可以得到金英學的ＤＮＡ序列，但更重要的應該是找出與他的ＤＮＡ序列一致的ＤＮＡ。如果確實是Copycat犯下的罪行，那麼在基因資料庫中應該會有什麼發現，這需要一些時間。」

「沒關係，我可以等。」

「好，那就開始吧。」

林博士拿出包裝好的手指忍不住噗嗤一聲笑了。沖過水解凍的手指表面結著薄冰。

「湊合著包裝得不錯啊。」

「因為急著過來……」

「啊，我這是稱讚。因為以前發生過只把樣本放在塑膠袋裡就拿來，結果樣本腐壞，ＤＮＡ就驗不出來了。」林博士把一起包著的肉塊遞給孫志允。

孫志允拿著冰涼的肉塊走出緊急鑑定室，現在只剩下等待。他為了抽菸，穿過長長的走廊，下樓後來到大樓外。煙霧隨著一聲長嘆散落在夜空中，焦急的心情暫時平靜下來。與徹夜埋伏等待嫌疑犯出現相比，現在這種等待根本不算什麼。因為無論如何，等待到了一定時間，就會出現結果。到車裡睡一覺起來，應該就有輪廓了。

車內冷冰冰的，但對警察來說很熟悉，因為他們經常在未啟動的車子裡埋伏，以避免打草驚蛇。孫志允將夾克的拉鍊拉到脖子，椅背向後靠，然後閉上眼睛。疲勞襲捲而來。

不知過了多久，手機的震動讓孫志允睜開眼睛。

二點三十四分，是科搜組的高京植。

孫志允一時喉嚨乾啞，說不出話來。

「你那邊怎麼樣了？」高京植先提問。

「還在等，你呢？」孫志允用分岔的聲音反問。

「有點奇怪。」

「怎麼了，發現什麼了嗎？」

「韓智秀刑警的指紋。」

「我還以為是什麼，這不是預料中的事嗎？」

「我知道，但是指紋的位置有點曖昧。」

「在哪裡？」

「廚房紙巾的內側。一般來說，如果打開包好的東西，會在包裝外邊留下指紋。」

「是吧？」

「嗯，可能不小心摸到了吧。你看屋內被翻成那樣，也不能說是正常啊。」

「辛苦你了，那個先不談，你對韓智秀了解多少？」

「沒有直接接觸過，都是聽來的。」

「怎麼說？」

「大概是六年前吧，有個被她偵訊過的嫌疑人自殺了。此後，她就被稱為『帶刀的犯罪心理分析師』。」

「把你知道的都告訴我。」

「那個嫌疑人承認性侵，但是不承認偷竊社區內女性內衣一事。調查組認為他已經承認重罪，所以想就這樣結案，但是韓刑警卻固執地咬住他偷內衣一事不放。最終嫌疑人承認了，可是好像覺得偷女人內衣的行為跟小毛頭一樣太丟臉，結果竟在拘留所裡自殺了。」

「性侵犯因為覺得偷內衣丟臉而自殺？」

「這是心理上的自尊感崩潰。那種傢伙居然也介意這個。」

「所以說偶發的性侵罪行他承認，但長期偷內衣的變態行徑，會讓他覺得丟臉而活不下去？」

「要追究起來就是那樣。只是……」

韓智秀的訊問方式像刀刃般鋒利，她並非與嫌疑人形成心理認同來取得陳述，而是徹底客觀地施壓，絲毫沒有什麼容易跨過去的坎，也完全沒有要給人方便的想法。

在一般偵訊時，若犯罪嫌疑人承認了重要罪行，那麼多少會忽略其它附帶的犯罪事實，這是不成文的慣例。因為輕微的罪行其實對刑期影響不大，如果硬咬住嫌疑人導致他故意唱反調而翻供，事情會變得更複雜。但是韓智秀卻不照慣例來，站在同案其他刑警的立場來看，都一致認為她是個難相處的人。

「雖然像刀，但工作做得很好啊？」

「所以才能活到現在啊，雖然不知道可以待到什麼時候。不過你為什麼想了解她？」

「沒什麼，只是有點在意。」

「私人感情？」

「不是啦。先這樣。」孫志允掛斷電話，掏出香菸叼在嘴裡。想想應該進一步了解韓智秀。

嘴裡發澀，孫志允菸也不抽了，拿出牙刷下車。嗡，手機又響了，是林博士。

「喂，博士。」

「大發現，你快點過來。」

孫志允立刻拔腿就跑，一路沒停下腳步，直到三樓的緊急精密鑑定室，氣喘吁吁。

「快過來，找到與金英學一致的DNA了。」

鑑定室中央的大螢幕上顯示著各種資料和不知所以然的數據。

「找到金英學的屍體了。這是五個月前委託鑑定的身分不明的屍塊，和金英學的DNA一致。」

「哪個案子？」孫志允好不容易調整好急促的呼吸問道。

「始華湖分屍案記得嗎？」

「啊！」

始華湖一案因屍體分屍手法獨特而被媒體大肆報道，雖不是孫志允負責的案子，但他也很清楚。

他一時說不出話，粗獷的呼吸聲填補了沉默。

在始華湖發現的屍塊是金英學的？孫志允有一種被Copycat嘲弄的感覺。這傢伙大膽地將金英學的屍體藏在國科搜的驗屍室。

「辛苦您了，博士，謝謝。」

林博士圓圓的臉上掠過短暫的微笑。「正式鑑定報告書要過幾天才會好，不過結果是不會改變的，所以在調查上不會有太大問題。」

孫志允連聲道謝，然後離開鑑定室。

雖然知道屍體的真實身分，但孫志允感到一陣苦澀，現在的感覺就像一邊撿 Copycat 撒下的麵包碎屑一邊跟著他走，孫志允的火都冒上來了，渾身發燙。他想趕快到外面去呼吸冷空氣。

外頭的天色還是很暗，離天亮還有一段時間。冷空氣使他的體溫降低了一些。國立科學搜查研究院前矗立了一塊巨石，上面的字映入眼簾。

揭開真相的科學力量

他目不轉睛地看著，突然想起了什麼，立刻回到車上。他發動汽車，卻沒能馬上啟動，反覆了好幾次才發動起來。

孫志允傳了訊息給韓智秀，雖然時間很晚了，但他直覺她正在等著。

金英學是始華湖殺人事件的被害者。

馬上就收到回應，很明顯，韓智秀今晚也徹夜難眠。

果然。辛苦您忙到這麼晚。

簡簡單單的訊息，但「果然」是什麼意思呢？難道韓智秀已經預想到了嗎？孫志允心裡覺得不太舒服，感覺自己像棋子一樣被人在棋盤上操控。

他踩下油門，車開始慢慢移動。無論如何，Copycat的連續殺人案件都歸孫志允管轄。踩油門的腳用力，車子開始沿著毫無曲折的道路疾馳。

8

李樹人睡不著。

為什麼這麼快就行動了？Copycat打破冷卻期意味著李樹人的存在無法構成威脅，難道Copycat已經查覺到他現在的狀態了嗎？怎麼可能？

根據韓智秀的說法，李樹人失去記憶一事就算警方高層也只有極少數人才知道，是絕對機密，但是Copycat卻知道了。他的腦海中接連不斷地出現了疑問。

難道在知道他狀態的調查局所屬人員中有Copycat的存在？這是合理的懷疑。分析金英學一案，發現Copycat對警方的調查方法和處置具有相當豐富的知識。如果不是「公司」的人，很難知道這些知識。就算Copycat不是公司裡的人，至少在裡面有幫手。

李樹人手指尖發軟，想握拳都握不住，焦躁和自責感不斷地刺痛他的神經。如果Copycat在不知道李樹人狀態的情況下打破了冷卻期怎麼辦？情況會更危險，也就是說，Copycat明知身分暴露卻仍然動手殺人，他在被捕之前是不會停止殺人的。

李樹人從床上坐起來。他雖然看不見物件的形體，但可以感覺到光線一點點混入黑暗之中。天色就快破曉了。

他把雙腿移到床外，站了起來，身體重心一下子向前急速傾斜，搖搖晃晃地好像要倒，他好不容易抓住床邊的欄杆，這才找到了平衡。他的雙腿虛弱得連自己的體重都承受不了。

李樹人的腳在地板摸索想找拖鞋穿，但還是放棄了，他抓住床邊的欄杆，赤腳一步步邁開。在朦朧的黑暗中，感覺在不知是夢還是現實的空間裡漫步。但腳底接觸到的冰冷地板提醒他，這是現實。

李樹人的手背還連著的點滴管，他就在點滴管的範圍內，抓住床的欄杆繞行。在前往現場之前，他覺得應該先練習走路。每當握著欄杆的手用力時，被燒傷的手臂和肩膀上的皮膚的彈性就會被拉扯，帶來如撕裂般的痛苦。每當用力時，床邊的欄杆像代替他的悲鳴一樣，李樹人每走一步，就會發出嘎吱嘎吱的哀號。

病患服內已經汗涔涔。

李樹人在床邊行走時，能感受到光線強度的微小變化。他看向光線照射進來的窗戶，以及光源到不了的角落，已經可以感覺得出兩處的差異。他的視力正一點一點恢復。他沿著床邊走了一百步，這時聽到病房門被打開的聲音。樹人轉向發出聲音的方向。

「您起來了。」

是韓智秀的聲音。

「我一直在等妳。」李樹人握著床欄杆的手用力，以免被發現身體在搖晃。

「您看起來好多了。」

韓智秀的聲音更近了，同樣地沒有發出腳步聲。

「謝謝。」

「我從警監家中帶了一些衣服來。」

韓智秀的聲音就在近處。李樹人從她的聲音所在位置，可以得知她比自己大概矮了一些。

「啊，在病房外的世界也有我啊。我都忘記了。」李樹人第一次想到那個存在於病房外，在另一個世界中日常的自己。但他當然什麼都想不起來，也沒有產生任何感情。對於不曾有任何家人來訪的他，病房內外並無太大的差別。

「對不起，沒有先得到允許就進去了。」

「沒關係。應該是一個人住的房子，不會太髒亂嗎？」

「不會，行李好像到現在都還沒拿出來。」

「看來是剛搬家沒多久吧。雖然我什麼都不記得了。」

「我說的行李是調查組收的，那是為了尋找警監在追捕 Copycat 時留下的資料。」

「原來如此，因為我失去了記憶。」

韓智秀發出沙沙作響的聲音，可能是把衣服拿出來放在床上。

「換衣服時需要我幫忙嗎？」

「不用了，都要去去命案現場了，連衣服也不能自己換就太說不過去了。」

「從最左邊開始按照順序是內衣和褲子、襯衫、外套。鞋子就放在床下。」

「謝謝。」

「那麼我先出去，如果有任何需要就叫我。」

韓智秀走出病房，李樹人聽到關門的聲音。

李樹人拔掉手背上的點滴針頭，用手指按壓止血。接著脫掉病患服，按照韓智秀放置的順序換上衣服。衣服寬鬆到讓他懷疑是否真的是他的衣服。李樹人穿上褲子之後，倚著床休息了很久，就像剛跑步完一樣氣喘吁吁。

「我換好了。」

再次聽到門打開的聲音。

「我準備了輪椅，比較不會引人注意。」

李樹人站著，讓韓智秀幫他戴上帽子和墨鏡，最後戴上口罩。他覺得自己就像一個為了上戰場而穿盔甲的士兵。

李樹人坐上輪椅，出了病房。輪椅緩緩移動，身後幾步之遙聽到有規律的金屬碰撞聲，崔正浩巡警也跟了過來。

李樹人這次也意識到走廊裡除了他們沒有別人，聽不到其他人的腳步聲和說話聲。他只有在完全管制的空間裡才安全。

輪椅經過安靜的走廊來到電梯前停了下來。現在搭乘電梯下樓到了醫院外面，就代表他將離開管制暴露在危險中。

電梯門打開，李樹人自己推動輪椅的輪子進了電梯。電梯一路都沒有停，自然沒有遇到任何人直達一樓。門一打開，從遠處傳來人們喧鬧的聲音。李樹人的輪椅並未靠近那些人聲，而是朝著遠離喧鬧聲的方向移動。

金屬聲響起，崔正浩巡警走到樹人前面。他似乎打開了大門，冷空氣瞬間撲來，臉上感覺刺刺的。

李樹人從輪椅上站起來，自己邁出了腳步。韓智秀趕緊挽著他的胳膊，他透過胳膊感受到韓智秀僵硬的手臂肌肉。她比自己還緊張。

「有階梯。」

李樹人在韓智秀的攙扶下摸索著走下階梯，耳邊聽到金屬聲連聲響起，接著是汽車門被打開的聲音。他與韓智秀下了階梯後坐上汽車，韓智秀依然挽著他的胳膊。

「請小心。」隨著崔巡警細微的聲音，車門關上了。

汽車立即朝向既定的目的地開去。車上除了他們還有別人，但連呼吸聲都聽不到。韓智秀上車後仍未放手，依然挽著他的胳膊。李樹人將背往後靠，睡意襲來。

＊＊＊

韓智秀看到李樹人靠著椅背的樣子感到安心。稍早她來到病房時，看到他抓住床的欄杆，危險地邁著腳步。不知道是因為床欄杆嘎吱嘎吱的響，還是因為太專心了，李樹人連她進來的聲音都沒聽見。直到她重新打開病房門，李樹人都集中注意力在自己的腳步上。看來他想在案發現場用自己的力量走路。

韓智秀把帶來的衣服拿出來放在床上，想起了他的家。他家是離首爾廳不遠的慶熙宮附近，是棟舊大樓。在他住院後，調查組為尋找 Copycat 的痕跡席捲而來，只要他們想，取得大門密碼並不難。

韓智秀在打開玄關門時，心想為什麼自己到現在一次都沒有想過去他家看看。李樹人日常生活的空間，應該有一些提示可以接近他失去的記憶。但是她的期待在進入玄關的瞬間就破滅了。在玄關自動感應燈亮起時短暫出現的客廳，並不像一般人日常的生活空間。這裡就像剛搬新家一樣，客廳裡堆滿了還沒有打開的紙箱。感應燈熄了，像李警監的記憶一樣，箱子的輪廓也消失了。

韓智秀走進客廳打開電燈。紙箱沒有任何分類，隨意堆放，幸好每個箱子外都貼著內容物的目錄。查看目錄，發現裡面有他的衣服、鞋子、書籍和生活用品等。韓智秀僅從箱子的目錄就能看出李樹人生活有多麼單調、枯燥。目錄很簡單，沒有一項是脫離既定模式的，也沒有任何看起來像個人興趣愛好的物品。

韓智秀穿過客廳走到廚房，打開冰箱，裡面只有三瓶二公升的礦泉水，這就是全部，完全沒有小菜或吃剩的食物的痕跡，就像只要喝水就可以活似的。廚房裡也沒有任何顯示他日常生活的痕跡。

韓智秀又經過那一堆箱子，進入房間。房裡有床、書桌，桌子上凌亂地散落著電腦螢幕和沒有連接主機的線。為了尋找Copycat的線索，主機應該是被調查組拿走了。書桌的抽屜是打開的，全都空無一物，衣櫥內也一樣空空如也。他的家好像只剩下空殼。

韓智秀在桌子周圍掃視了一下，發現牆上留下模糊的長方形痕跡，看起來像原本貼了什麼。痕跡的邊界分明，但似乎不是被強行拆下，所以不確定是否被調查組帶走。如果李樹人貼在書桌前每天都能看到，那代表應該是很具有意義的東西。

她又查看箱子的目錄，但是找不到書桌前貼的東西，看來必須打開所有箱子一一確認。如果箱子裡也沒有，那就是調查組認為有進一步調查的必要，所以還保管著。韓智秀從包包裡拿出調查組保管物的目錄查看。目錄上沒有任何與牆上黏著物有關的物品，這麼說來或許是不重要，所以沒有列入。

韓智秀看了看手機，現在沒有時間打開箱子翻找，待會還要到案發現場。她決定再找時間過來查找。

她走出房間，卻又突然回頭走向書桌。她把桌子拉開，在狹窄的縫隙中發現一張照片，看起來是在調查組來之前就掉在那裡的。即使調查組發現了牆壁上留下方框痕跡，可能也不像她會聯想到是具有重大意義的東西，因為調查組和她看現場的角度不同。

照片似乎是用印表機列印出來的，並不清晰。裡面有個看起來像國中生的女孩露出燦爛笑容，背景似乎是在遊樂園。她把照片對著牆上的痕跡比了比，大小正合適。

韓智秀再次仔細看了照片，短髮女孩的笑臉有點眼熟，但她想不起來在哪裡見過。她把照片夾在自己的刑警手冊裡。

韓智秀走出房間環顧客廳，這裡除了李樹人之外，找不到其他人生活的痕跡。她找到放衣服的箱子打開，衣服凌亂地被隨便塞在裡頭，完全不成套。為了找齊上衣、褲子、內衣和鞋子等，韓智秀不得不再打開另外幾個紙箱。拿了李樹人的衣服後，蓋上箱子，關了屋裡的燈，再關上玄關門。李樹人的家就像一個巨大的紙箱一樣關上了。

* * *

車子轉眼間駛出快速公路，進入國道。

韓智秀發現李樹人已經從睡夢中醒來，因為感覺到她挽著的胳膊肌力變得僵硬。

李樹人被經過收費站時自動扣繳機的聲音吵醒，已經很久沒有好好睡一覺，醒來頭腦格外清明。當他意識到韓智秀仍挽著他的胳膊時，肌肉立刻緊繃起來。

車子駛出快速公路後並未減速，案發現場似乎與市中心相距甚遠。一路未停的車子在左轉彎後減速。現在不知距離醫院有多遠。

李樹人感覺車子的引擎聲變小，速度又變快了，似乎離案發現場越來越近了。他的手掌滲出了汗，他握緊拳頭以掩飾溼漉漉的手掌。不知有多用力，手指甲陷入手掌中，那感覺十分深刻。

李樹人微微轉過頭問韓智秀：「案件的概要如何？」

韓智秀似乎正在等他開口，馬上就回答了。「被害人姓名叫李政宇，三十歲，是一名上班族。被發現陳屍在自宅，那是一棟住商大樓。他有非法性交易和性暴力前科，是前陣子發生一起高中女學生命案的重要嫌疑人，但因為具有不在場證明而獲得釋放，因為這樣，調查組才推論他的死與 Copycat 有關。」

「兩人的死因呢？」

「女高中生和李政宇都是失血過多而致死。」

兩人死因一致，雖然是草率的推測，但僅從死因就能看出抄襲先前事件的 Copycat 模式。

李樹人還想再進一步詢問時，車子停了，接著聽到駕駛座的窗戶被搖了下來。

「請問是職員嗎？」如同軍人一般生硬的語調。

「我們是從首爾廳來的。」初次聽到的中低音男聲回答。

「可以進去了。」

聽到關上車窗的聲音，同時車子也動了。看來在進入案發現場的入口處設立了盤查站。一旦發生案件，警方會在案發現場周邊的主要道路和路口進行盤查，如果犯人還在現場附近可以及時逮捕。樹人感覺 Copycat 應該才作案沒多久。

也許此時此刻，Copycat 正從他身邊經過。樹人覺得那個傢伙好像在笑著看著自己。

車輛完全停了下來，韓智秀挽著他的手協助他下車。管轄警署似乎完全控制了現場，不僅沒有噪音，連人們的聲息都沒有。

兩人經過建築物的出入口，又走了好一會兒。案發現場所在的住商大樓似乎並不小。從首爾廳來的中低音男子跟在兩人身後，一點聲音都沒有就靜靜地跟在後面。

李樹人很輕易就知道他是刑警。未發出金屬聲意味著沒有警察裝備，也就是說他穿便服。沒有發出腳步聲，代表他穿了運動鞋，這是重案組刑警的典型裝束。

韓智秀挽著樹人經過錯綜的走廊，乘電梯上樓後，又沿著步道走了好幾步才停下來。

李樹人無法在腦海中畫出大樓的構造，這裡比他想像的一般住商大樓還要寬敞，走廊的結構也很複雜。

韓智秀打開玄關門，血腥味隨即飄出。

「李政宇的確切死因是多處戳刺傷導致的失血過多死亡，並沒有觸及動脈或重要器官的致命傷口。」

李樹人在韓智秀的引導下走進屋內。屋內空氣涼颼颼的，比走廊還冷，李樹人不自禁地縮起身體。也許是韓智秀打開了屋裡的燈，他感覺黑暗中夾雜著光。李樹人擔心自己的腳印會破壞現場，每踏出一步都格外小心。

「為了防止現場污染，所以先幫您穿上防污服吧。」可能是因為緊張，韓智秀的聲音聽起來像在洞窟裡一樣。

李樹人順從地穿上了防污服，連鞋子也套上鞋套。韓智秀又挽著他的手引導他進去。

「進入玄關，地上有很多帶血的足印，圖案都一樣，所以研判應該是同一個人的腳印。尺寸大約是二十八公分。科搜組採集足印，經過足印檢查系統確認，發現是中國製的鞋底。因為是大量製造的低價鞋款，所以無法查出特定品牌。玄關前面有落下的血跡，從血跡的突起形狀來看，最初的攻擊是在玄關發生，被害者在遭到攻擊後移動到屋內。」

李樹人在韓智秀的引導下又走了幾步，血腥味變濃了。

「警監站立的地方周圍有打鬥的痕跡。螢幕掉在地上，椅子倒了，書桌被推到後面。地面上的血跡變多了，但應該沒傷到動脈，所以未發現呈現有力度的噴發擴散血跡。看來是預謀持續性的攻擊。」

李樹人一邊聽著韓智秀說明，一邊在腦海中描繪 Copycat 和被害者的動線。

顯然被害者打開門後，在毫無防備的狀態下遭到第一次攻擊。突然被攻擊的被害者本能地往後退進屋內，Copycat乘機追進來繼續攻擊。肢體衝突的痕跡，與其說是兩個人打架，不如說是被害者在閃避攻擊的過程中留下的痕跡。地上帶血的足印顯示Copycat沒有脫鞋，這意味著兩人的關係可能只是認識，但並不親密。如果是很熟的人一般會脫了鞋進屋內，然後再伺機攻擊。

「很奇怪。」李樹人等著韓智秀打開錄音機，但是並沒有聽到敲擊螢幕的聲音。於是李樹人繼續說道，「如果Copycat一開始就以殺人為目的，那麼第一次攻擊時就應該瞄準能致命的動脈或心臟。他是行家，沒有理由猶豫。但是沒有動脈血液噴出的形態，這說明Copycat故意避開動脈或心臟等主要臟器進行攻擊。如果他追著李政宇亂捅，因為李政宇也會閃避，照理說也應該很難避免會傷到要害。」

「所以警監認為Copycat故意避開動脈和重要器官嗎？」

「他會這麼做應該是有理由的。」

「難道不是為了製造李政宇的痛苦嗎？」

「從迄今為止Copycat犯下的殺人模式來看，那傢伙不會做出毫無意義的行動，這也許也是Copycat留下的訊息。」

雖然韓智秀沒有特別的回應，但不知為何李樹人感覺她似乎在點頭。

要想掌握Copycat的訊息，首先要先了解李政宇被列為重要嫌疑人的過去案件。

「我想更詳細地了解李政宇涉有嫌疑的高中女生命案。」

「李政宇會透過隨機聊天的群組媒合性交易對象，他成功了幾次，逐漸成為常態。就在李政宇被殺害前一個月，在群組中和那個女高中生搭上了，當時女高中生離家出走，為了賺錢花用，而答應與李政宇的援助交易。兩個人見了面，之後女生的手機就關機，人也失聯了。和女生一起住的其他蹺家少女感到不安，便到處找人。後來在她們常去的一棟大樓的頂樓，發現女高中生陳屍在那裡，這才報案。」

「女高中生的詳細死因是什麼？」

「沒有致命傷，但生前曾遭受到嚴重的暴力，所以出血非常厲害，最後因失血過多致死。被害者的血液中酒精濃度超標幾乎達到爛醉的程度，在現場並未發現手機。」

「李政宇是如何擺脫嫌疑的？」

「李政宇主張雖然曾與被害人見面，但因為對方年紀太小，所以未交易就叫她回去。同時被害者在頂樓死亡的時間，李政宇有不在場證明，所以最終被釋放了。」

而被釋放的李政宇在一個月後陳屍家中。

李樹人先邁出一步，他很好奇李政宇死亡後的狀態。「李政宇的手上有防禦痕跡嗎？」

「這個部分有點奇怪，並沒有。在避免被傷及要害的情況下，應該會有肢體接觸抵禦的痕跡。」

「藥物反應或血液中的酒精濃度呢？」

「正在國科搜進行分析。警監覺得怎麼樣？」

「應該會驗出什麼吧，這樣才能理解李政宇的動線。李政宇只是本能地閃避卻未抵抗，在沒有傷及要害的情況下，卻連防禦痕跡都沒有，這說明被害者當時的狀態並不正常。」

「同意。」

李樹人又覺得韓智秀在試探自己。就連很簡單的推論，她也像過獨木橋一樣小心翼翼的問他。

李樹人又走了幾步進屋內，血腥味更濃了。

「李政宇一直往後退，退到窗戶前最後不支倒地而死，就在距離警監現在所站位置正前方五步左右的距離。」

李樹人看向發現屍體的窗戶，在腦海中浮現出屍體的樣子。

「屍體的狀態如何？」

「法醫驗屍結果顯示，胸部有十餘處較深的傷口，研判是被銳器刺傷，腹部也有十多個被劃過但較淺的傷口。」

「胸部被銳器深深刺傷的傷口可以理解，但腹部被劃破的傷口不尋常，傷口的形態發生變化，說明犯人的工具不同。有共犯嗎？」

「沒有，帶血的足跡都是同一人，這是可以確定的。」

「那麼就是兇器換了……找到了嗎？」

「這個部分有點問題……」

「在這起案件中，兇器是核心。一進門就攻擊，代表 Copycat 從一開始就準備好兇器，如果調查購買途徑，應該能找到線索。」

「兇器是找到了，但在法庭上喪失證據能力。」

「被污染了嗎？」

「在搜查時動員義警協助，結果在處理證物時發生重大失誤。」

「什麼失誤？」

「一名義警在一樓的花壇裡，發現沾滿鮮血的刀子，他為了不讓自己的指紋沾上，就用衣服包住帶走。」

義警都是替代役人員，專業知識不足，可能不知道在命案現場以外的地方若發現兇器，應該在除了警方以外的第三方人士會同下進行收繳。若沒有拍照記錄，也沒有第三者在場就自行將兇器收起來，就失去了證據價值。

「就算讓 Copycat 站上法庭，也無法使用的證物，那只是為被告律師提供藉口，可以指控是警方故意偽造犯罪工具並遺棄在現場。」

「如果找不到該兇器被實際用於殺人的直接聯繫，那麼就會被排除在證物之外。」

「是啊，若找不到連接紐帶，即使找出了購買方和賣方，也不能作為證據。」

「所以需要李政宇身上傷口的具體資料。如果順利，說不定可以挽救證據。」

「在胸部發現的十九處傷口都是縱向的，從上到下刺傷，深度約十公分左右。腹部有十三個傷口，都是橫向的，深度約三公分左右。」

李樹人腦海中浮現出相對而立的 Copycat 和李政宇。

Copycat 舉起刀從上往下刺向李政宇，而李政宇不斷後退，試圖擺脫攻擊。被逼退到窗戶邊的李政宇繼續被刀刺傷，最後倒在地上。可能是李政宇的傷口流著血，也許血流到了他現在站立的地方，就像一個窪地。

李樹人蹲下來用手劃過地面，鮮血已凝，但沒有乾透，很滑。

Copycat沒有傷及李政宇的動脈和重要器官，只是留下傷口，他刻意避開致命部位進行攻擊。李政宇暈倒，Copycat離開後又回來，又用刀再次刺傷李政宇的腹部。他離開代表不管是什麼原因，刀子都受到損傷。胸部與腹部深度不同的傷口證實了這一點。

李樹人明白李政宇身上的傷口為何改變方向。

「縱向的傷口是Copycat攻擊處於站立狀態的李政宇時造成的。橫向傷口則是李政宇倒地後追加攻擊造成的。攻擊有時間差。」

「用傷口的方向無法說明攻擊的時間差，根據是什麼？」

「傷口的深度不一樣，這說明胸部和腹部的攻擊之間，兇器受到損傷。」

「兇器受到損傷？」

「妳有看到兇器嗎？」

「只有照片。」

「刀尖是不是鈍鈍的？」

「那個……好像是。」

「我想可能不知出於什麼原因，刀尖斷了或破損。如果一開始用一把短刀，就不會出現縱向十公分深的傷口。所以我推斷在胸部和腹部傷口之間存在時間差。」

「那斷裂的刀尖應該會留在現場的某個地方吧？」

「如果在現場找到斷裂的刀尖，同時與找到的兇器的斷面一致，證據的證明力就會復活。當然，在收取刀尖時，應該在合法的程序下進行。」

「您是不是想起了什麼？關於刀尖一事，之前科搜組的沒有任何人注意過。」

「沒有，還是一樣什麼都想不起來。」李樹人感覺到握著自己胳膊的手傳來力量。

「但是 Copycat 為什麼要刺那麼多次？以那傢伙的實力，應該可以用一次致命的攻擊來了斷李政宇。」

「延遲致死，這是 Copycat 留下的訊息。」

「延遲致死……」

「殺人的方法很多，勒死、使用毒物、墜落、用錘子擊打頭部、用刀刺殺或溺水，但是妳知道這些殺人方法的共同點是什麼嗎？」

「……」

「都是快速而確實的殺人方法，換句話說，就是能確實導致被害者死亡的殺人行為，所以警察會透過屍體來推斷殺人犯行發生的時間，死亡和殺人行為是連在一起的。但是延遲致死是在發生殺人行為之後，被害人並未立即死亡，而是在過了一段時間後才死亡，也就是說殺人行為並未導致立即死亡，而是出現了時間的間隔。這種情況之下，若要透過屍體狀態或體溫推測死亡時間，就無法準備推測殺人犯行發生的時間。Copycat 模仿了李政宇的手法。」

「您的意思是女高中生命案也是延遲致死嗎？」

「有可能，女高中生受傷後，導致失血過多而死，中間經過相當的時間。也就是李政宇在對女高中生施暴之後，間隔了一段比較較長的時間女高中生才死，不知道他是不是原本就計劃好的，但因為這樣，在女高中生死亡推定時間內，李政宇才能製造不在場證明。」

「所以 Copycat 是模仿李政宇延遲致死的殺人手法？」

「我是這樣認為的。」

「那 Copycat 為什麼用折斷的刀刺向無法抵抗的李政宇呢？」

「我想他是不要讓李政宇停止出血或活生生地被發現，他要李政宇看著自己的血液從身體裡流出，感受自己慢慢地死去。」

「我要馬上向科長報告。」韓智秀放開李樹人的胳膊，走到一旁去。

沉重的腳步聲靠近了。

李樹人摸索著往前走了五步。腳步聲跟著而來。

也許是空氣中混了血腥味，讓樹人一直覺得頭疼。他摸著窗戶找尋把手想打開，雖然把手轉動了，但窗戶卻沒有打開。這時韓智秀回來挽住他的胳膊。

「科長感到非常滿意，現在我們回去吧。」

「但我還是沒有找出能確定 Copycat 身分的證據。」

「現在才要開始呢。」

9

韓智秀來到了李政宇家附近的生活用品專賣店。數十個照明燈大放光芒，照得賣場裡連一點影子都沒有。每個貨架上都擺滿了各種便宜又實用的物品。

韓智秀走近廚房用品區，拿起一把菜刀，刀身採用不鏽鋼材質，刀鋒銳利。她目側了一下刀面的寬度，就放下了。從李政宇屍體上留下的傷口大小來看，Copycat使用的兇器刀面應該更窄，比較接近生魚片刀。她選了一把切生魚片的刀，把刀柄的包裝袋拆掉握著，她的手掌包覆著刀柄感覺毛骨悚然。

韓智秀想像Copycat來到這裡挑選刀具的情景。他也會把刀倒轉這樣握嗎？Copycat拿了刀結帳，然後裝在塑膠袋裡，腦中浮現李政宇一如往常下班回家的樣子。

李政宇家玄關大門沒有強行闖入的痕跡。李政宇穿著輕便的家居服，或許連拖鞋也沒有穿，不帶任何懷疑地為Copycat開了門。那個傢伙是偽裝成快遞還是貨運司機嗎？

韓智秀回憶大樓監視器調閱紀錄。那棟大樓設置的監視器中只有四部是正常運轉。轄區的廣域搜查隊調閱監視器，從李政宇回到家那一刻開始擴大範圍檢視，但沒有發現任何可能是Copycat的人。設置在大樓後門的監視器正對著停車場，因此不會拍到扔掉刀具的Copycat。這麼說來，他選擇監視器的死角地帶，再潛入屋內殺人得逞後逃走……那麼他必須先來探路。

韓智秀有種不和諧的感覺。再加上為什麼Copycat要丟下兇器呢？明明知道如果發現刀具，警方就會去調查購買來源。他應該不會發生這種失誤吧。

韓智秀手握刀把，無意識地朝半空中揮動，她不知不覺重演Copycat的行徑。透明外殼緊緊包覆著閃閃發光的刀刃，周圍顧客的目光都聚焦在她身上。韓智秀急忙將刀放下，離開生活用品專賣店，身後傳來人們嘰嘰喳喳的聲音。

廣域搜查隊可能已經查訪過Copycat所使用的刀具的購買處。她心想應該打去問問負責該案件的刑警，有急需確認的事情。她加快腳步混入人羣中，一邊撥打電話，才響了三、四聲，對方就接起來了。

「我是廣域搜查隊鄭柱錫警監。」

「我是首爾警察廳韓智秀警查。我打來是為了Copycat的事。」

「我已經聽吳科長說了，要我們全力配合。」鄭柱錫特別強調「全力」二個字，他的聲音很粗，語氣裡隱隱透露出對吳科長的指示感到不合理。

韓智秀從鄭柱錫警監的聲音中聽出來，他是身經百戰的重案組萬事通。他幾次因為抓捕到重要嫌犯，都是特別晉升，要這種人拿出手上正在調查中的資料，無異是要求他去掉一根肋骨，可以理解他難免會築起強烈的警戒。

韓智秀決定盡最大限度的禮貌，避免讓他感到不快。「謝謝，聽說鄭警監是廣搜隊的王牌，聽聞您許多英勇事蹟。」

「大家都很忙就不要說場面話了，妳想知道什麼？」

韓智秀輕輕地嘆了一口氣。雖然講話依然不客氣，但防禦的感覺比剛開始減輕了。而且剛才他已經首先表態，會有限度的提供訊息，這一點非常重要。「在調查購買兇器的地點時，有沒有發現什麼？」

「具體的問題是什麼？妳是要問有沒有查到購買處是嗎？」鄭柱錫反問。很故意的反問，看來是在調查中發現了什麼還不能公開的部分。否則，對於可能成為關鍵線索的購買處調查結果，他不需要如此防禦。

「購買處應該早就找到了，我是想請問購買者有沒有什麼不尋常的地方？」

「……比如說？」他在短暫的沉默之後問道。

這似乎是可以進一步接近訊息的信號。現在她必須把自己的推論先拋出來進行確認，即使錯了，至少應該能誘使鄭柱錫透露一些他掌握的訊息。

「買刀子的人，是李政宇嗎？」

「……妳是想來證明什麼的吧？」鄭柱錫毫不掩飾心中的不快反問。

「不是那樣的。」

「那為什麼要確認死了的李政宇是否買了刀呢？」

「我推測 Copycat 很了解警方的調查模式，是個智慧型的嫌犯。」

「所以呢？」

「我在想 Copycat 為什麼要將刀子遺留在現場？」

「妳的意思是他故意把刀子留在現場？」

「我是這樣推測的。」韓智秀放低音量，因為一個穿著休閒服的男子靠近，和她步調一致地往同個方向走。韓智秀放慢速度，那名男子也放慢了腳步。是記者嗎？

「李政宇這個結論是怎麼出來的？」鄭柱錫的語氣漸漸變了。

他應該還沒理解。

「妳怎麼會想到李政宇呢？」

這次提問，他的語氣變得更柔和了。

這一刻，他不再是掌握情報築起警戒牆的重案組刑警，雖然想聽聽尚無法理解的犯罪者行為分析，卻又不想像個新手般表現得太明顯。

「首先，我的推論對嗎？」韓智秀乾脆停住腳步，穿休閒服的男子面無表情地加快腳步，超越了她。她沒有移開視線，一直盯著那個男子直到他從視線中消失。

「沒錯。刀是某個全國連鎖的生活用品專賣店售出，是他們獨家進口販售的產品。以事件發生的時間往前推，一個月內在全國各連鎖店銷售該刀具的數量是一百八十六把。我們以李政宇住家為中心，依照距離遠近一一查訪各個連鎖店，並調閱監視器。幸虧是有點規模的公司，所以各店的監視器資料基本上都還保留著。只是妳說的 Copycat 沒有出現，卻發現李政宇前往買刀子的畫面。真是要讓人瘋了。」

這件事不宜繼續在人群中談論，韓智秀環顧四周，在一間還沒有開門營業的酒吧前找到合適的位置。路過行人的身影可以盡收眼底。

「還記得在頂樓失血死亡的女高中生命案嗎?李政宇曾被列為重要嫌疑人。」

「當然記得，因為聽說可能有關聯，所以我們也對那起案件進行分析。」

「我認為，女高中生命案的兇器應該就是那把生魚片刀。」

「女高中生的直接死因是因遭受暴力導致失血過多死亡，看被害人的照片也沒有明顯的刺傷。」

「現在可以確認一下女高中生的照片嗎?」

「可以是可以，但那只是浪費時間。」

「拜託您了。」

雖然不情願，但電話那頭傳來鄭柱錫指示屬下找出女高中生一案現場照片的聲音。

「好了，妳要找什麼?」

「首先，請確認受害者屍體上是否有被刺得很淺的傷口。」

「反正要看，就叫我們組上的小朋友來一起看吧。」

鄭柱錫似乎打開了擴音功能，周圍的噪音變大了。

「我認為，李政宇在壓制女高中生時用了生魚片刀。」

「喔，但是從力量的差異來看，一個大男人壓制個孩子也不需要用刀啊。」

「從調查紀錄來看，李政宇之前透過聊天軟體認識的女人年齡普遍較大，但卻突然變成了女高中生。一般來說，帶有自卑感的人在異性關係中遇到壓力時，為了展現自己的支配力，會使用兇器或暴力。李政宇為了提高支配力，將對象從成人女性換成未成年少女，甚至使用了暴力。在此過程中，逐漸形成虐待的模式，所以應該也準備了兇器。」

廣搜隊的刑警們聚集在電腦螢幕周圍，互相交換意見的聲音從電話那頭傳來。

「這裡放大一點，肋骨下方這個是不是刀疤？」

「那好像是毆打的痕跡。」

「那手腕上的這個？」

「放大一點……不是，那個比較像自殘後癒合的痕跡。」

「這裡，脖子這裡呢？好像是這個。」

「哦，確實有點奇怪。」

「是吧？在這裡沒有理由有這種長度的傷口啊。」

廣搜隊刑警們七嘴八舌地提出意見。

在等待中，韓智秀突然萌生一股羨慕的感覺，他們是一起共事的夥伴。韓智秀總是一個人工作，她也覺得很自在，但此時此刻她卻覺得如果自己也在他們中間似乎也不錯。

「雖然照片上看起來不能說很準確，但是可以看出一道從脖子部位一直延伸到鎖骨的細痕。」

「驗屍報告中沒有提到嗎？」

「可能是因為與失血過多的死因沒有直接關係，而且被毆打的傷口很多，所以把這道傷痕當作是在過程中被抓傷的痕跡。誰會想到一個成年男子會預先準備刀子對付高中小女生呢。而且現場也沒有發現兇器。」

「Copycat 好像知道李政宇用生魚片刀威脅女高中生，所以用李政宇的刀殺害李政宇後，故意將刀遺棄在現場附近。他早就預料到調查組會在連鎖店的監控錄像中找到李政宇。」

「連警察都不知道的事，Copycat 怎麼會知道？再怎麼說都只是推測，有可能是，也有可能不是。」鄭柱錫態度慎重，但並非攻擊性的語氣。

「對，是推測，所以需要確認。」

「好。我會去確認，還有什麼想知道的？」

「事件發生當天，李政宇公寓的監視器影像。」

「那個沒有。如果有，早就抓到了犯人。」

「那棟大樓共有四臺監視器，除了一樓玄關和電梯，在後門和停車場的監視器是關鍵。停車場方向那臺出現了死角，Copycat 似乎是從那邊潛入，並使用未裝設監視器的緊急安全梯行動。」

「妳是指他可能故意把監視器的鏡頭轉向嗎？」

「應該不是，即使鏡頭被轉向，那也是在女高中生命案之前。從 Copycat 的行動中看不出來。」

韓智秀還無法理解 Copycat 是如何知道大樓後門監視器有死角，Copycat 應該不會傻到事先到現場勘察，因為到現場察看有很大的可能會被任何一臺監視器拍下，存在還保留中的檔案中，就會成為關鍵性證據。

那麼他在犯案之前就知道後門監視器有死角。他是怎麼知道的？

「女高中生命案當時，大樓後門監視器的紀錄還保存著嗎？」

「因為李政宇是重要嫌疑人，所以當時轄區調查組就把檔案扣下了。從正門的監視器可以看到李政宇下班回家的影像，但他出門去見女高中生以及回來的影像就沒有看到。他可能走後門，但因後門監視器角度的關係而沒有被拍到。」

「果然如此。謝謝。」

韓智秀掛斷電話後突然感到飢餓，手開始發抖。她又混入人群走著，雖然沒有特定的目的地，但走在人群中給她一種安全感。

Copycat 顯然是看到李政宇被列為女高中生命案的重要嫌疑人及調查紀錄後，便制定了犯案計劃。可是如果不是自己負責的案件，一般刑警想查看個別案件的調查紀錄都必須申請，程序非常複雜，更別說一定會留下紀錄。那麼 Copycat 是怎麼看到的？

還有一個疑問。Copycat 拿著李政宇用來威脅女高中生的生魚片刀入侵。因為血跡從玄關門開始延續到屋內，代表刀是外來入侵者拿來的。但問題是 Copycat 如何拿到李政宇使用的刀的呢？

不知是想不出解答，還是因為飢餓，韓智秀覺得地面好像在晃動，她停下腳步，感到自己的身體前後搖晃。她毫不猶豫地蹲下用手扶著地，人行道地磚的涼氣消除了些許眩暈。

突然想起了另一個問題，如果 Copycat 改變了兇器呢？如果 Copycat 入侵時使用的刀和遺棄在現場周邊的刀是不同的呢？Copycat 用自己準備的刀殺了李政宇，然後在公寓內找到威脅女高中生的刀，再將那把刀故意遺棄在現場。這是有可能的。

那麼，李政宇腹部留下的淺傷口也有了解釋。Copycat可能在公寓內找到那把生魚片刀後，發現刀尖斷裂，故意劃傷李政宇的腹部，造成兇器的變形。也許不是同一把兇器發生變形，而是實際上換了兇器也說不定，但如果在案發現場發現刀尖，一切又會再回到原點。疑問和答案彷彿沿著莫比烏斯環[3]滾動，一直縈繞在韓智秀腦海中。

眩暈症逐漸消失後，李樹人警監浮現在腦海中。最後還是只能依靠他了。他就像地面上血跡所呈現的一樣，再現了Copycat的動線和攻擊模式，甚至包括Copycat曾打開窗戶換氣。雖然他看不到，但李政宇家窗戶上還留有沾滿鮮血的手套痕跡。

韓智秀想聽聽李樹人的答案。

＊＊＊

孫志允刑警連上內部網路，再進入KICS（刑事司法系統），登錄後，自己正在進行的案件目錄列了出來。

畫面中出現了金英學失蹤案的調查紀錄，只有這段期間為了應付監察而進行的幾項基礎調查資料，其餘沒有關於失蹤案的最新進度。

孫志允又登進SCAS（科學犯罪分析系統），查看有關死亡案件的基本資料，他找到始華

3 莫比烏斯環（Möbius strip）是由數學家莫比烏斯（August Möbius）在一八五八年發現，是只有一個面、一條邊的立體幾何形狀，被視為無限循環的象徵。假設人站在一個巨大的莫比烏斯環上沿著前方一直走，將永遠不會停下來。

湖分屍案，資料顯示被害者的身分尚未查明。看來韓智秀似乎無意插手始華湖事件，如果她有心的話，會製作犯罪認定報告交上去，並立即成立專案調查小組。

孫志允絲毫沒有想搶人功勞的想法，如果他有這種野心，早就升官了。但他猶豫了一下，決定先寫一份犯罪認定報告。沒有時間了。

科學搜查組和金英學事件，現在已是內部共享的狀態，還委託國科搜進行基因分析，在這種情況下，不能隨便敷衍塞責。再加上他不想錯過現在，他可以直接介入Copycat連環殺人事件調查的這個時刻。

孫志允在製作犯罪認定報告時，刻意縮小了韓智秀介入的敏感部分，因為客觀來看，韓智秀破壞現場及找到斷指的行為很容易引起懷疑。

報告寫好後，他又重新瀏覽一次，最後乾脆刪除所有關於韓智秀的部分。韓智秀固然是個問題，若上頭看了報告後有可能會往錯誤的方向指揮。他不喜歡別人介入，隨意改變調查方向。目前來說這樣做是最好的處理方式。

孫志允深吸了一口氣，然後儲存檔案。他製作的犯罪認定報告現在成為請求裁示的狀態。只要組長那關過了，龍山署刑事科長也批准下來之後，他就擁有正式介入調查的權力。

孫志允拿出一支菸想整理一下思緒。

比起Copycat，將調查方向對準調查局內部的協助者應該更有效。仔細想想，在沒有內部協助的情況下，Copycat不可能從選定對象到模仿手法犯案，全都自己包辦。在沒有媒體報導的情況下，一般人不可能知道警方調查中案件的訊息。調查局內部一定有人洩露出去，他想起了韓智秀。

韓智秀推測出始華湖分屍案的被害者是金英學，再怎麼出色的犯罪心理分析師，在沒有ＤＮＡ證據的情況下就能自己得出這樣的結論也是不合邏輯的。另外，科搜組高京植在包裹手指的廚房紙巾內發現韓智秀的指紋，這點不能置之不理。或許韓智秀為了暴露Copycat的罪行，自導自演一場找手指的秀？孫志允疑慮更深了。

他決定自己親自確認答案。他說服自己這麼做不是為了證明韓智秀有嫌疑，而是為了給她洗脫嫌疑的機會。

孫志允起身走出去抽菸。有一種要秘密調查同僚的感覺，心裡有點不是滋味，但這也沒辦法，在合理的懷疑消失之前進行調查是重案組刑警的基本原則。

走到戶外，孫志允看到一隻流浪貓在附近遊蕩，是很面熟的傢伙，也許是因為其他同事偶爾會拿罐頭餵食，所以貓看到孫志允並未逃跑。點著了菸，深吸一口再把肺裡的氣都吐了出來，鬱悶的心情有些淡化了。

孫志允決定先挖出韓智秀過去的行跡。如果Copycat殺害的那些嫌疑人所涉及的案子，韓智秀全都有參與的話，那麼她流出調查紀錄的嫌疑就更具體了。如果不是，那結論還是只能懷疑。不管是哪一種都不算太壞，但問題在於方法，就目前而言，調查她的過去很顯然具有侷限性。

想調查韓智秀過去參與的案件就必須申請共同閱覽權限，但是他沒有根據。就算向韓智秀周邊的同事詢問，想來應該也很難得到什麼有用的資訊。盲目地跟蹤或埋伏也沒有意義，他更不可能明目張膽的進行調查。

只有最後一個辦法了，那是孫志允一直擱置不願拿出來的辦法。他決定去拜訪首爾警察廳監察股，正受到監察中的韓智秀刑警的過去，監察股一定都掌握在手。

他捻熄香菸，先打電話到首爾廳監察股。已經開始的調查，沒有時間再為了用什麼方法而猶豫。他一邊等得電話接通一邊走向停車場。

首爾廳監察股的氣氛和規模與警察署的聽證監查室截然不同。孫志允不自覺地有些畏縮，但仍挺起胸膛，不想被別人看出來。他必須是與監察股的調查官在同等位置，但不與之抗衡。

負責韓智秀的調查官是金正民警衛，年輕的外貌和警衛的階級讓孫志允推測他應該是警察大學出身的儲備幹部菁英。

金正民遞出名片，孫志允則表明了自己的所屬單位和階級。他沒有名片，因為刑警不是跑業務的，太為人所知也沒什麼好處，所以並未另外印製名片。

「金英學的屍體發現了嗎？」金正民扶了扶眼鏡，以防禦性的態度問道。

桌上放著韓智秀的檔案文件。金正民拿著韓智秀的檔案進入調查室，可以推測出他是有與孫志允共享檔案的想法。

孫志允目前還不知道金正民是否站在自己這一邊，但是可以確定他與韓智秀絕對不在同一邊。

「始華湖分屍案的被害者是金英學。國立科學搜查研究院的鑑定報告很快就會出來了。」

「那麼韓智秀警查的嫌疑就被洗清了。你為什麼要找我呢?」金正民的態度依然具有防禦性。

他不是在警戒對方，而是不想先展示自己的底牌，這是監察股調查官特有的習性。要想從他那裡取得韓智秀的檔案，就必須先給他想要的東西。

「有些奇怪的地方。」

「怎麼說?」

「韓警官的分析成為發現金英學屍體的關鍵。」

「是嗎?」

「指出殺害金英學的兇手是 Copycat 的也是韓警官。」

「所以呢?」金正民本來不想表現出來，但聽到「Copycat」時表情變了。他畢竟還是一個經驗尚淺的調查官。

「不覺得有什麼嗎?」

金正民的手指敲擊著韓智秀的檔案。

「比如說韓警官可能與 Copycat 有關。」

金正民又扶了扶眼鏡。他正在思考將檔案給孫志允看的理由。

「我認為不能排除這種可能性。」孫志允給了個模糊的說法，他也要給自己留點後路。

「其實，韓智秀警官在上次調查中就斷定金英學是被殺害，當時我就覺得很奇怪，我認為她過於感情用事。」金正民正在確認孫志允是否與自己站在同一邊。

「會那樣認為是理所當然的。當時兩起事件之間並沒有任何因果關係，但她卻說得那麼斬釘截鐵。」孫志允附和他的話。不管他的目的是什麼，現在兩人的利害關係吻合了。

「僅從過去訊問嫌疑人的紀錄來看，韓警官對嫌疑人有一種像法官進行判決的傾向。被韓警官訊問過的嫌疑人自殺或試圖自殺案例不只一件，從某種角度來看，與 Copycat 也有點相通。如果說 Copycat 是以物理性的方法殺害嫌疑人，那麼韓警官就是從心理上讓對方自殺。」

金正民對韓智秀以一種明顯偏差的方式重組情報，他之所以做出這樣的反應，也許是因為在調查當時曾被精通偵訊戰略的韓智秀奪走過主導權。

「啊，原來還有這個部分啊。」孫志允再次附和道。客觀來看，金正民的推論帶有私人情緒在，太微弱了。

「對於問到如果金英學被殺，那兇手會是誰這個問題，她的回答說不是家屬就是自己，這一點也讓我很在意，現在回頭來看或許是一種坦白吧。」

金正民身為菁英監察調查官，被韓智秀的冷嘲熱諷傷了自尊，因此在接到孫志允的電話後，便帶著或許可以逆轉局勢的想法，答應與孫志允見面。

「是啊。我也這麼想。」

「有什麼我能幫得上忙的地方嗎？」

「我想看韓警官過去的案件調查紀錄。首先要確認被 Copycat 列為目標的嫌疑人，是否與韓警官調查的案件有關聯。」

「個人紀錄是不能隨便露出的。」

「但是我相信你我都很清楚，僅憑我們的懷疑是無法進行調查的。這樣也沒關係嗎？」

金正民沉默了，他正在猶豫，也許是在盤算得失。現在必須給他一個名分並鋪一條後路。

「如果真的有困難，你可以先暫時處理一下急事。我是未得到允許，自行翻看韓警官的檔案。」

「就算金英學是被殺害的，對韓警官的調查也不會終止，只是會往後延而已。不管是不是Copycat，只要找到任何線索都請告訴我，那麼應該會有必須緊急處理的事發生。」

「我找到後會告訴你的。」

捨棄規定，金正民選擇維護自己的自尊。他從座位上站起來，韓智秀的檔案依然放在桌上。

「突然想到有件事必須立刻處理，我馬上就回來。」

金正民離開調查室，孫志允翻開韓智秀的檔案，從不久前科搜組高京植告訴過他的那起案件開始瀏覽。孫志允用最快的速度翻閱檔案。

10

李樹人在寒冷的空氣中睜開了眼睛。

透過窗戶滲入的月光在病房地板上映照出微弱的光芒。病房內一片漆黑，連床的邊界都分不清，但黑暗中有人。

李樹人感覺到有人無聲地從黑暗中走過來。

一個、二個、三個人。他們圍繞在樹人的病床旁，六隻眼睛在黑暗中發光。李樹人無法發出聲音，整個人僵住了，也沒有想到拔掉針頭防身。

第一個男人伸出手堵住了李樹人的嘴和鼻子。受制於男人的力量，李樹人連一聲慘叫都叫不出來。他想舉起手把男人的手撥開，但他無法動彈。

第二個男人用一把短刀捅了李樹人，他感覺到刀尖鑽進了肋骨之間。他發出尖叫聲，但由於被第一個男子的手捂住嘴，根本一點聲音都透不出去，死亡的恐懼籠罩著他。

第三個男人開玩笑似地把衛生紙卷扔到李樹人身上。紙嘩啦嘩啦地散落，像壽衣一樣覆蓋住他。

黑暗中，他們的眼睛和雪白的牙齒特別明顯，他們正在笑。

現在才開始殺人。第三個男人打開了打火機，打火機的火光映出了那人臉的下半部，嘴唇又薄又紅。第三個男人點燃了蓋在李樹人身上的衛生紙。李樹人在熾熱的熱氣中掙扎，隨著火勢擴大，他看到了殺人者的面孔。三個人都長得一模一樣！

眼睛睜開。

原本就在眼前清晰的火光消失，天花板上的日光燈像窗外映照進來的月光一樣，隱約可見。眼前彷彿落下帷幕，灰濛濛的病房裡沒有人。是夢。李樹人全身被汗水浸溼。

他環顧了病房一周。現在已經可以分辨出日光燈的光和窗戶的陽光，可以分辨出光和影子的形態。他的視力正在一天天恢復。

李樹人努力回想夢裡那個殺人犯的臉。也許殺人犯的臉是留在自己過去記憶中的Copycat的臉。喘不過氣來的窒息痛苦、刺入身體的刀刃冰冷的感覺、燃燒身體的熱度還清晰地浮現在腦海中，但真正殺人犯的臉卻想不起來。

睜開眼再閉上眼，還是想不起他的臉。李樹人的身體不停顫抖。他坐起來，然後抓住病床欄杆站了起來，腳掌一著地就有了安全感。雖然重心沒有抓好，有些搖晃，但開始用雙腳走路後，顫抖就消失了。

李樹人強迫自己思考，如果這是在失去記憶後第一次夢到與Copycat有關的夢，也許自己的潛意識中已經找回了記憶。他的手放開欄杆，朝窗邊走去。身體開始出汗，顫抖停止了。他越靠近窗戶，窗戶的輪廓就越清晰。

他抓住了窗戶的把手，想開窗換氣，突然想到昨天去現場的窗戶。那裡的窗戶沒有遮擋，但卻絲毫未透出光線，就像有什麼東西擋在窗戶外的感覺。雖然有些不放心，但只要韓智秀當場未提起，就表示不重要。現在重要的是，在昨天現場並未找到任何可以確定 Copycat 身分的線索。

人有失手，馬有亂蹄，Copycat 遲早會犯錯，但要等到傢伙犯錯，就得賭上人的生命，而且贏的機率太低，是一場極度危險的賭博。如果只是追著 Copycat 犯下的殺人痕跡，就永遠抓不到他。

急躁的心情和挫折感、自責感總是將他推向懸崖邊。如果 Copycat 繼續殺人，讓人們仔細了解那傢伙的作案方式的話……連續殺人案將進入新的局面，會有自認滿腹委屈的普通人模仿 Copycat，以那傢伙的名義開始私自復仇。

沒有根據的私人報復將會帶來另一種報復，這種連鎖反應會給社會帶來什麼樣的結果，很難預測。這是比恐怖攻擊更可怕的災難。

冷汗流下來了。無論如何，必須阻止他繼續殺人。在更晚以前。

李樹人覺得，如果從 Copycat 手中搶走連續殺人魔的名分，或許就有機會抓到那個傢伙。如果告知大眾 Copycat 是毫無根據的情況下為了私人報復而殺人。

那麼那個傢伙就會和以往不同的模式行動。

李樹人知道現在是時候了，他轉動把手將窗戶打開，冷空氣襲來，整個人更清醒了。雖然看不到窗外的風景，但他慢慢轉向太陽升起的方向。太陽一點一點地移動，就像順時針旋轉，他目不轉睛地望著太陽移動。

李樹人在等著韓智秀，若要抓到 Copycat 就需要她。

太陽來到窗戶長方形的棱角處時，病房外傳來韓智秀的聲音和崔巡警細微的聲音。

＊＊＊

韓智秀穿過警察醫院大廳走向電梯，一個穿著登山服的男子朝她直走過來。韓智秀認出了走過來的男子，他是專跑首爾廳的社會線記者。他從哪裡開始跟的呢？

韓智秀假裝沒看見，低頭往前走，插在口袋裡握著手機的手心滲出了汗。

「韓警官？我是首都日報的記者陳鍾日。」

「……」韓智秀沒有回答繼續走，他索性擋住韓智秀的去路。

「這個請您看一下。」陳鍾日急急忙忙拿出自己的手機。

他的手機上出現照片，是李政宇陳屍的住商大樓的照片。他用手指滑過螢幕，下一張照片是科學搜查組進入大樓的畫面。

「是 Copycat 做的吧？」陳鍾日問道。

韓智秀不確定他追著自己是為了確認什麼，她像逃跑一樣加快了腳步。

「我不是要確認是否為連環殺人事件，我想知道的是……」

他停止了說話，韓智秀也停止了腳步。

「已經搜查過好幾遍的現場，為什麼科搜組又再度進去呢？」

「……」

「是因為最近得到能夠證明 Copycat 犯案的重要證據，這是我的推測，對嗎？」

科搜組重新鑑定李政宇的公寓是為了尋找李樹人警監所說的斷裂的刀尖。

「……」韓智秀按下電梯按鈕。

「而且我聽說發現重要證據的訊息來自韓警官？」

韓智秀正視他，陳鍾日避開了視線。

「啊，消息來源無可奉告……」

電梯門一開，韓智秀就進去。

不管她回答還是不回答，記者都會寫一篇關於 Copycat 的報導，到最後還會對李樹人警監的狀態進行推測。

「我去看病，你要搭電梯嗎？」韓智秀目不轉睛地問陳鍾日，感覺他突然停住了。

「目前還未完全恢復嗎？」

隨著他的最後一個問題，電梯門關上了。陳鍾日的意圖很明確。人們的視線集中在李樹人身上只是遲早的問題，韓智秀心裡頓時感到焦急，步伐比平常更快。

守護在病房前的崔巡警看到韓智秀，猛然站了起來。

「沒有其他人來過吧？」

「除了醫院相關人士以外，沒有其他人來。」

「真是萬幸。」韓智秀轉過身朝向病房。

「那個……」

「有什麼事嗎？」韓智秀轉過頭問崔巡警。

「那個，病房裡好像不時會打開窗戶的樣子，沒關係嗎？我想說問一下。」

韓智秀大概了解崔巡警在擔心什麼，不過他不知道李樹人的狀況。

「那就請你經常確認房間內部。」韓智秀認為，比起說明，直接下達指示更快。

「知道了。還有……」

她打開了病房門，意思是要結束對話，但崔巡警的表情似乎還有話要說，韓智秀沒有理會，逕自進入病房關上門。

李樹人像在看風景一樣站在窗前。

聽到開門聲李樹人轉過身來，窗戶是打開的。

「現在風還很涼吧。」

他沒有回答，而是把窗戶關上。他很熟練地抓住窗戶的把手，沒有摸索。

韓智秀拿出手機，迅速開啟錄音功能，但可能是冒手汗，按了很多次才成功。

李樹人默默地等著，聽到好幾次敲擊螢幕的聲音。

「應該將這次事件告知媒體。」沒有任何開場白，李樹人直接提出本論。

韓智秀有點不知所措。就算李樹人不出面，只要《首都日報》記者的報導一曝光，就會立即失去控制。

從媒體的屬性來看，錯失「獨家」或「重大新聞」而「漏報」的媒體，會從那時起開始尋找可以撕毀的東西，肆意妄為。事件一經公開，獵巫行動也會同時展開。

「如果現在傳出去，那麼無論是警監還是我，都有可能被迫就此收手。」

「但還是要告訴大家，如果放任不管，將會繼續發生殺人事件。我們只能追蹤在案發現場 Copycat 拋下的痕跡，但我們不能空等那個傢伙發生失誤。」

「我剛剛才在醫院大廳遇到記者追問。即使警監不站出來，炸彈也會馬上爆炸的。」

「所以必須先放出消息，如果記者如實報導 Copycat 的罪行，就會有人模仿那個傢伙進行私人報復。」

「那樣的話不僅沒有阻止模仿犯，反而會成為支持模仿者、將私人報復正當化不是嗎？」韓智秀的聲音提高了，手機螢幕上的線圖直線上升。

「所以應該告訴媒體，奪下他的殺人名分。」

「奪下 Copycat 殺人的名分？」

「Copycat 殺害的所有嫌疑人都是無罪的。」

「不能說他們都是無罪的，只是暫時無法證明而已，從金英學事件來看就知道。」

「如果包括金英學在內的那些被害者都被證明是真的無罪呢？」

金英學或其他嫌疑人真的無罪？韓智秀從未想過這個問題。如果他們真的無罪，那麼 Copycat 想表達的意義就會消失，沒有了意義，只剩下 Copycat 犯下的殺人罪行。

隨著想法的不斷深入，韓智秀明白了李樹人的意思。手機螢幕上線圖就像停止跳動的心電圖一樣靜悄悄。

「……那麼 Copycat 就只是個單純的連續殺人魔。」

「是的，不具任何意義。」

李樹人像一個看得見的人一樣，走了六步然後坐在床邊。

「警監的計劃是透過媒體，公布被 Copycat 殺害的人都是無辜的對吧？」

「這樣就能奪走 Copycat 自己製造的殺人名分。」

「儘管如此，但 Copycat 還是知道他們有罪。」

「所以 Copycat 會生氣吧。」

韓智秀不太確定李樹人真正的目的，透過媒體故意刺激連續殺人魔無異是煽動追加殺人，她意識到自己不自覺地正在床邊踱來踱去，韓智秀坐下來，她不想被李樹人發現自己焦躁不安的樣子，沒什麼好處。

「您的意思是 Copycat 生氣了就會失誤嗎？」

「不，他會自行打破自己的原則。」

「他的原則是……」

「雖然被無罪釋放但其實是兇手的犯人由我來處置。」

「那麼 Copycat 打破了原則，會找誰下手呢？」

李樹人似乎在整理思緒，暫時沒有說話。病房裡太安靜了，韓智秀甚至聽見自己心跳的聲音。

「他會殺了我。」

「……」韓智秀什麼話都說不出來，突然喘不過氣。眼前的事物開始扭曲，恐慌症似乎開始了。

「我會接受採訪，說 Copycat 殺死的都是無辜的人。」

韓智秀抓住床邊的欄杆，整頓混亂的精神。欄杆嘎吱嘎吱的響聲聽起來很細。她專注於呼吸，持續了好一會兒，李樹人等待著她的回應。

「這樣太危險了，您為什麼……」韓智秀非常混亂，不知道他為什麼自願成為 Copycat 的目標。

「如果知道他的目標是誰，就能抓住 Copycat。」

「如果失敗呢？」

「就可以證明，Copycat 只是一個不正義的連環殺人魔。」

「冒著警監的生命危險證明嗎？我不同意。」

「與其用別人作為賭注，不如賭上自己，這樣才有用。」李樹人微笑著。

韓智秀什麼話都說不出來，一直沉默。李樹人背向窗戶，光線使他的輪廓顯得更加突出。

「過去的警監也會支持您現在的決定嗎？」

「過去的我也會支持，因為過去的我和現在的我一樣。」

「這個……我先向科長報告。」

李樹人的意志很堅定，韓智秀先終止手機的錄音功能，新的錄音檔產生。

她打開病房門走出來，崔巡警隨即站起來，但韓智秀沒有看到。

「我……」韓智秀將生成的錄音檔傳給吳大英科長，現在剩下的工作將由吳科長決定並指揮。

崔巡警想叫住韓智秀，但她似乎什麼都沒聽見迅速離去。他搖了搖頭，即使把話告訴韓智秀，不安感也不會消失。

病房裡傳來了規律性的嘎吱聲，崔巡警輕輕地打開病房門往裡看。

病房裡的那個人就像看得見一樣在床邊走著。

＊＊＊

調查室的門打開，金正民走了進來。

孫志允正好看到最後一頁，是韓警查的精神科治療記錄。她被診斷為有恐慌症和憂鬱症，並開立了處方箋。

金正民在旁邊等了一會兒。

孫志允闔上檔案夾。

「好了，我的事忙完了。」金正民伸出手，示意孫志允把檔案給他。

「喔，我剛想起有件事要處理。」孫志允說著一邊把檔案遞過去，同時站起來。

「那就請你遵守約定，再跟我聯繫。」

「我知道。對了，不過就算是監察中的對象，調查個人醫療紀錄也是不合規定的吧？」

孫志允問道，手並未放開檔案夾。

「偷看未經許可的文件是更嚴重的違法行為。醫療紀錄是之前申請留職停薪時她本人自行提交的。」金正民握住檔案夾的手用力。

「啊……原來如此。我什麼都沒看到。」孫志允放開文件。

孫志允朝門口走去，金正民拿著文件靠邊。

孫志允從調查室出來後，迅速走出大樓，前往停車場，他擔心萬一這時候遇到韓智秀，會很尷尬。

從紀錄來看，之前韓智秀都會使用將嫌疑人逼到懸崖邊上的偵訊戰略。她不與嫌疑人形成共鳴或取得信賴，而是用邏輯和證據向嫌疑人施壓。但是這樣的做法，得到認罪的比率並不高。

她主要都接一些其他人避之唯恐不及的案件，從案件的目錄就可以看出來，都是證據效力微弱，除非嫌疑人自己認罪，或是必須與律師周旋的案件。也許正因如此，韓智秀的晉升之路也非常不順，同事們的評價也不太好，所以無法晉升。孫志允對比自己晉升考核成績還差的她不由得產生了一種認同感。

他叼著菸，嘴裡覺得苦苦的，正要發動車子時，看到首爾廳重案組熟悉的面孔經過，他立即熄火壓低身體，他不想被任何人發現來到了首爾廳。

他翻開口袋拿出了刑警手冊，剛才在調查室邊看檔案邊隨手記下的筆記映入眼簾，手冊裡方框、箭頭和底線像他的腦袋一樣雜亂無章地混雜著。孫志允先看了自己劃了底線的文字，以此為關鍵詞整理出幾項事實。

在自殺一詞的底線旁，他列出韓智秀負責訊問的案件清單。案件旁邊標示有嫌疑人自殺和試圖自殺等，大致來看比率並不算少，以此看來她確實是帶刀的心理分析師，對嫌疑人進行心理壓迫後將其逼上絕路，金正民的懷疑並非毫無根據。

第二個劃了底線的留職停薪，旁邊寫了「憂鬱症、恐慌障礙」，他又加了一句「為什麼？」孫志允推測，恐慌症和憂鬱症可能是因為她負責的案件所導致。

翻閱事件目錄後發現，她在留停前參與的最大案件是又名「浴缸裡的新娘」一案。這一案件也曾在媒體大肆報導過，像八點檔連續劇一般，幾乎無人不知，因為與一九〇〇年代英國的連環殺人事件相似，所以媒體給了個聳動的名稱——「浴缸裡的新娘」。

在英國的事件主角叫喬治．約瑟夫．史密斯（George Joseph Smith），他先後殺害與自己結婚的三名女子。史密斯的犯案手法是趁妻子泡在注滿水的浴缸裡時，抓住她的腳踝將其溺死。人在水中如果突然被抓住腳踝，會本能地驚慌失措，若手邊抓不到任何可以求生的東西，最後會溺水身亡。這樣被他殺害的妻子們身上都沒有留下任何痕跡，因此史密斯得以獲得妻子的財產和保險理賠金。直到被捕為止，史密斯一直重複著殺妻後再婚的模式。

韓智秀所負責訊問的「浴缸裡的新娘」一案也很類似。丈夫供稱從網咖回家後，發現妻子在浴缸裡溺水身亡。和英國的案件一樣，妻子身上沒有任何外傷，再加上浴缸裡都是熱水，難以推測正確死亡時間。

人的體溫比一般的生活環境要高，而被害者死亡時會產生熱損，體溫就會變得與現場的大氣溫度相似，利用這個差異可以推測死亡的時間。但是因為浴缸裡都是熱水，不僅沒有產生熱損，反而讓體溫更高，因此無法準確推測死亡時間。另外，死亡時間還可以以死後肌肉僵硬的程度來推斷，但熱水會影響死後肌肉僵硬的速度，同樣地失去推測時間的作用。如果無法知道妻子死亡時間，那麼丈夫就可以輕易製造任何不在場證明。嫌疑重大的丈夫甚至還動用了國外法醫，提出對自己有利的證詞，最後以無罪釋放。

孫志允在「浴缸裡的新娘」旁邊劃出箭頭，並與「跟蹤」一詞連接。

韓智秀在該案的嫌疑人被釋放後，曾跟蹤過他，這是後來被調查出來的。也許她是期待最具嫌疑的丈夫會在與朋友喝酒時大肆宣揚他所犯下的謀殺案。但是不久之後，丈夫被發現也在浴缸裡溺水身亡，就和自己的妻子一樣。這可以歸為Copycat的第一個殺人事件。

孫志允把Copycat的名字以方框框起來。韓智秀和Copycat的行蹤重疊了。

他又將Copycat和「留職停薪——恐慌障礙、憂鬱症」連成長箭頭。他懷疑韓智秀跟蹤那名丈夫時，或許就與Copycat見過。這個推論不無可能。

孫志允把手冊往後翻幾頁。

韓智秀在二〇一七年留停六個月期間發生了第二次「Copycat」殺人案，復職後負責的案件就是金英學妻子的失蹤事件。

孫志允在記錄「留職停薪」的部分旁加上「追加調查」。

現在要先調查韓智秀在留停期間的行蹤，是否和Copycat的第二起殺人案重疊，如果存在關聯性，就不是單純的偶然。

首爾廳重案組的刑警已經不見人影了，孫志允發動車子，離開停車場。如果他製作的犯罪認定報告批准下來，那麼對第二起案件的調查將更加容易。

孫志允腦中浮現韓智秀手持利刃刺向嫌疑人的畫面，一點都不突兀，因為她是一名帶刀的心理分析師。

11

「採訪核准批下來了。」

吳大英科長對李樹人的採訪核准只花了不到一天的時間就批示下來，比想像中還快。看來他也認為在目前的狀況之下，沒有更好的辦法。

「真是太好了，一定很不容易。」

「若等新聞記者找上門來，輿論焦點肯定會集中在無能的警察身上，到時不僅是吳科長，就連首爾廳廳長也前途未卜，所以才會同意進行媒體操作。可能是不得已才答應的。」

「不管是什麼理由，都是按照我們的計劃進行的。」李樹人有種脫離患者，回到刑警身分的感覺。

「採訪的問題都會事先定好。」

李樹人點點頭。以目前失去記憶的狀態，事實上他也不可能回答隨機的問題。

「採訪過程當然也是預錄的。」

「我了解。」

「地點在首爾廳進行。」

「採訪必須在醫院進行。」李樹人斬釘截鐵地說，他認為應該讓 Copycat 看到採訪之後，立刻認出他所在的地方。

李樹人不讓韓智秀有反駁的機會繼續說道，「必須讓 Copycat 知道我在哪裡，讓他在一時激動之下毫無計畫地跑來找我，這樣我們才有勝算。」

韓智秀無法輕易反駁，她的沉默代表已經默認李樹人的話。如果換作是韓智秀，她也會這樣回答。

李樹人又開口，「但不能讓 Copycat 知道我失去記憶和眼睛看不見的事實。」

「所以……必須要先騙過記者囉。」

李樹人點點頭。但根據媒體的屬性，記者們不見得會按照他們的意思行動。他們能瞞到底嗎？

李樹人似乎可以料到，在記者們察覺到自己狀態的瞬間，新聞的方向會發生什麼變化。

「記者的問題我會先篩選過再給您，會以您曾去過現場的案件為主，這樣就算真有突發的提問也可以回答，如果出現無法回答的問題，就說偵察不公開，不方便透露。」

「我知道了。」

「受訪時就像現在這樣，朝向提問人所在的位置看就好。採訪記者大概會在正面右方十五度角左右的位置，等記者問完就看著正面，攝影機就在正前方，自然而然的視線很重要。」

「像這樣是吧？」在韓智秀話說完的同時，李樹人朝右轉十五度左右的方向看。

從窗戶進入的明亮光芒中，韓智秀的輪廓沒有對準焦點，就像一張搖晃的照片一樣，拖著殘影跟隨而來。

「做得很好。如果覺得有很難回答的問題，或是感覺記者發現警監的狀態時，就停止採訪。雖然很不容易，但我們會收回錄影畫面。當然我也會現場看狀況有必要就中斷採訪。」

在Copycat可能要殺害自己的情況下，李樹人反而覺得更安心。現在只要把陷阱藏好，以免Copycat察覺到就好了。

錄影採訪前一個小時，李樹人洗了頭、刮了鬍子。他換上韓智秀上次帶來的西裝，有時衣服可以提高人說話的權威性。李樹人打著領帶，希望看起來像個能幹的警察。

李樹人腦中想著韓智秀事前給的提問和答案，單憑指尖的感覺來打領帶結並不容易，他重複了好幾次，最後還是向韓智秀求助。她幫樹人理了理衣服，把領帶調整好，一切準備就緒。

錄影採訪前二十分鐘，李樹人先抵達位於醫院一樓的會議室，等待記者到來。為了不讓記者發現自己眼睛看不見，他必須先到會議室坐好等記者。

會議室裡的照明並不算明亮，連窗簾都拉上了，很暗，很勉強才能區分出韓智秀和崔巡警的輪廓。

李樹人請韓智秀確認一下在自己的後方，是否可以看得到醫院的標誌。在攝影機的鏡頭內，醫院的標誌要像無意中入鏡那樣自然。

韓智秀建議李樹人，在回答記者的提問之前，可以像看資料一樣，把視線往下移，然後再朝正面看著回答。李樹人按照她的話練習視線處理，並根據提問翻閱資料，就像個視力正常的人一樣。

如果看資料的時間太長，或是每次提問完都看資料，一不小心就會讓人覺得是在讀稿，所以他練習了好幾次，直到看起來沒有破綻。

「現在很自然了，不會有人察覺到的。」

「只要腦袋裡的不被發現就好。」

「會很順利的，不要緊張……」

喀咔，後面傳來打開手槍彈巢又關上的聲音，聽到聲音，韓智秀也中斷了談話。接著又傳來甩開警棍的聲音，是崔巡警，聲音清晰地感覺得到他的緊張。李樹人的身體也隨之緊繃，因為採訪，更具體地感覺到 Copycat 的存在。

「緊張一點沒什麼不好的啊。」崔巡警可能是感覺到氣氛，尷尬地說了一句。

韓智秀不知是否聽到，嘆了一口氣說：「你要不要到外面等著？」

「我接到指示在採訪期間必須一直在現場看著。」

「……」韓智秀的沉默是對崔巡警無言的指責。

李樹人急著想調和兩人之間的氣氛，「我覺得很踏實，這樣很好啊。」他沒有說謊，如果 Copycat 到來，第一個要面對的人就是崔巡警，李樹人希望他能守護自己，不希望崔巡警成為自己設下的陷阱的受害者。

「這裡我會負責，所以你……」韓智秀的聲音從遠處傳來，她總是不發出腳步聲地移動，壓低了嗓音以致於她最後一句話樹人沒聽到。

門打開的聲音傳來，記者們到了。

韓智秀似乎與記者見過面，連招呼也不打就直接介紹了。

「這位是李樹人警監。」

李樹人站了起來，率先伸出手，記者也伸手與樹人握了握，自然而然地。

「很高興見到您，我是JBC的記者李世亨。」

「請多多指教。」

攝影記者架好攝影機並打開燈光，強力的燈光讓人覺得刺眼。

李樹人像本能反應一樣閉上眼，燈光從眼皮透入眼裡。在適應了光線之後，李樹人張開眼，隱約看出記者的輪廓。

「李警監，您的身體復原了嗎？」

「如您所見，已經好很多了。」

「因為您住院有一段時間了，所以外界都傳說您的狀況恐怕很難恢復，應該沒問題吧？」記者又換了個方式問同樣的問題。這不是禮貌性的問候。

「身體上完全沒有問題，在拘捕過程中所受的傷都已經完全復原了。」李樹人裝作不知道記者的意圖，再次公式化的回答。

「很好。與Copycat連續殺人事件有關的犯罪事實我們會另外整理呈現，請警監針對與Copycat連續殺人相關的特點為中心回答就可以了。」

「我明白了。」

「回答問題時請您看這個方向，現在有看到我的手嗎？」

是攝影記者的聲音。越過強力的燈光，李樹人看不到攝影記者，和他的手。但李樹人點點頭。

「請問警監為什麼認為Copycat會以這種方式繼續犯案呢？」記者並未依照事前定好的順序提問。

李樹人手中的提問單放下，這完全是典型的開放性提問。李樹人直視攝影機，盡可能明確的回答。如果說明太長，可信度就會降低。

「殺人本身就是他的目的。從客觀上來看，Copycat連續殺害與自己完全沒有關係的人，在不同案件之間的冷卻期也很短，我認為Copycat是從殺人行為本身感受到衝動和快感。」

「稍等一下，從警監的回答重新來一次。視線分散了，問題結束後請您看這邊再回答。這裡、這裡，請問有看到我的手嗎？」攝影記者中斷了採訪。

李樹人不知道要看哪裡有點不知所措，只是盯著照明燈光。

韓智秀走過來假裝幫他整理服裝，協助他抓準視線應對準的位置。

「我們回去會剪輯，所以從回答的地方再來一次就好。刪除主語，由『從殺人行為本身』開始說就可以了。」

「從殺人行為本身感受到衝動和快感。」

雖然與剛才的語感不同，但記者的注意力放在視線上所以並沒有發現。

李樹人回答完之後，就像什麼事都沒有一樣，文字記者又提出下一個問題。

「那麼可以斷定Copycat可能是精神失常嗎？」

李樹人又看向記者，他努力與記者對視，但不知道是否真的對視了。

文字記者提問完之後，樹人把頭轉向記憶中的角度，不能太高，也不能太低。

「因為並未對Copycat進行精神鑑定，所以無法確定，但僅從發現的情況判斷，很有可能是精神失常的患者。從冷卻期變短來看 我覺得他無法控制衝動。」

「但是有少數人認為，Copycat是為了體現法律無法解決的正義而殺人。」

李樹人的視線沿著以照明為基準的位置，在記者和攝影機之間來回穿梭。

「Copycat只是模仿了警方目前尚未破獲的未結案件的犯案手法罷了，並非是在審判被害人，他也沒有那種資格。Copycat分析了犯罪手法，並進行學習，為了展示自己的知識和手藝，故意殺人。換句話說，他就只是抄襲犯罪手法而得意忘形、不成熟的殺人魔罷了。」

李樹人為了刺激Copycat的自尊心而故意挑選「模仿」、「抄襲」、「得意忘形」、「不成熟」等字眼。

他用這些字眼來刺激Copycat，那傢伙不管再怎麼否認，腦中還是會留下這些字眼的殘影。同時他的語氣就像把Copycat踩在自己腳下評價一樣挑釁他，使那傢伙將憤怒指向自己。

「我再謹慎地問個問題，您確定被Copycat殺害的那些人，他們都是無罪的嗎？」

「我確定。警方經過調查確定無嫌疑才將他們釋放。他們本來就是受害者，而Copycat等於是又再殺了一次受害者，所以更加惡毒。殺害沒有嫌疑的無辜人士就是他犯罪的本質。」

「那麼現在換個立場，假設是警監的家屬中有犧牲者，您也絕對相信警方的調查嗎？」

這不是事先準備好的問題。但如果在這裡稍微猶豫一下，採訪就會失敗。

「當然相信。」

記者似乎在確認手上拿著的資料，李樹人聽到了翻紙的聲音。採訪並未按照韓智秀準備的提問順序進行。

「好，那麼請問您是憑什麼根據如此信任？」

「還記得前陣子發生的，在頂樓被毆打致死的女高中生事件嗎？」

李樹人才剛丟出問題，「啊！」就吐出一聲無聲的嘆息。他想到警方還沒有向媒體透露該事件與 Copycat 有關。他失誤了。

李樹人環顧四周尋找韓智秀。

「是不是需要什麼？要不要先暫時休息一下？」文字記者發現李樹人不知所措的樣子，先中斷了採訪。

韓智秀走上前來，李樹人壓低了聲音問韓智秀：「李政宇一事目前還未公開……」

「您做得很好，事後再剪輯就可以了。」韓智秀將紙杯遞給李樹人，像有聽到又像沒聽到似的回答。

「好，現在從剛剛警監回答那裡再開始進行。稍微換一下角度，請看這裡，視線和鏡頭沒有對上哦……是因為燈光太亮看不到嗎……」

攝影記者話說到最後模糊不清，燈光關了。

「這裡，看得到我的手嗎？」

李樹人看不到攝影記者的手，被發現了嗎？

李樹人籍由喝水先暫時迴避攝影機的鏡頭，汗水順著背脊流下，現在必須先冷靜。

李樹人以攝影記者的聲音為準，衡量了他揮動的手的位置。也許攝影鏡頭就在伸手可及的距離內。但攝影機會在他的左手還是右手邊呢？現在只能交給命運。

李樹人朝左手的方向點了點頭。燈光再次亮了起來。

「好，準備好了就繼續進行。」

李樹人將紙杯放到地上，趁機鬆了一口氣。

「這個事件曾經的嫌疑人只是一個平凡的上班族，他只是單純地與死者通過電話，因為這個理由就慘遭 Copycat 的毒手。」

「等一下，您是說女高中生遭暴力致死事件的嫌疑人被 Copycat 殺害了嗎？」

「是的。」

「好，案件概要再請導播用資料畫面補充就好。警監請繼續。」

「如果只因為曾與女高中生通過電話就被視為有罪的話，那麼在通聯紀錄中的所有人不都成為 Copycat 的對象了嗎？警方調查小組已找到最有力的嫌疑人進行調查，但並不是那名被殺害的上班族。除此之外，我們已掌握了 Copycat 事件的有力嫌疑人，正在進行調查。」

這是謊話。李樹人確信，對女高中生施暴並放任其死去的人就是李政宇，但為了抓到 Copycat，這種程度的謊言絕對有充分的理由。

「您是說目前已掌握了頂樓暴力致死的女高中生命案的真兇嗎？」

「是的。」

記者立刻繼續提問。「那麼『浴缸裡的新娘』一案中，除了遭Copycat殺害的丈夫之外，也另有其他更有力的嫌疑人嗎？」

這起案件的詳細情形李樹人並不清楚，案件發生已經過一段時間，現場早就清理好了，李樹人也不可能親自去看。他只有在準備採訪時聽過韓智秀約略講一下概要而已，不知為何，韓智秀並未詳細說明案件經過。

「是的。」

「可以具體說明嗎？」

李樹人戛然而止，這時若只簡單地以「偵察不公開」這種說法顯然並不足夠。

「因為正在調查中所以不方便詳細說明，但與遭殺害的夫婦兩人都是見過面的關係。」

「您是如何認定的？」記者像等著李樹人說完似的，馬上又提問。

在沒有詳細訊息的情況下，李樹人只能根據先前聽到的概要分析。「死去的妻子被發現赤裸躺在浴缸裡。被害人看到有人進入浴室後，並未馬上離開，顯示彼此應是不尋常的關係。」

「警方不就是因為這個理由才把丈夫列入嫌疑嗎？」

「是的，但丈夫有不在場證明。而目前我們另外列為嫌疑人並調查中的對象，並沒有不在場證明，而且還有足以讓人懷疑的有意義的情況證據，Copycat不可能知道這些調查事項，所以他根本是莫名其妙殺害了死者的丈夫。」

李樹人盡可能小心地回答，反正在這場採訪中真相並不重要，只要不洩露出自己的真實狀態，又能刺激到 Copycat 才是重點。

「您在 Copycat 縱火事件中受了傷，在事發當時您是否與 Copycat 有過肢體衝突？」

李樹人不記得自己在火災現場發生過什麼事，他無法判斷該回答有還是沒有。他只好含糊回答。「這是在追捕過程中受的傷，詳細情形待將 Copycat 逮捕到案後再說明。」

「在犯行結束前就前往案發現場代表您已經知道 Copycat 的目標是誰，警方是否有提供保護？」

「有的，這次的對象 Copycat 絕對無法下手。」

李樹人猜想記者應該會反問那為什麼沒有保護好最近被殺害的李政宇，可是記者並未再追問。答案已經定下來了，Copycat 就只是個連續殺人魔而已。

「警方至今未能抓獲真兇的五起命案和模仿這些手法殺害嫌疑人的五起連續殺人案仍未得到解決，對受害者遺屬及全國國民有什麼要說的嗎？」記者的提問並非提問，而是指責。

李樹人對自己的狀態和無能感到惱火。

「我要在此鄭重道歉。我一定會逮捕 Copycat，讓他接受應有的制裁。非常抱歉。」

「希望不要再有犧牲者，請你們一定要將他繩之以法。」

攝影機的照明燈關掉了，原本已適應強烈燈光的樹人，頓時什麼都看不到，他閉上了眼。

腳步聲靠近，也許是文字記者正伸出手來。

李樹人無法馬上睜開眼睛，他無法握住那雙看不見的手，他還需要時間適應會議室微弱的光芒。

「您還在住院，長時間的採訪看來讓您感到疲勞了吧。」

李樹人睜開眼，依然看不到記者的手。韓智秀代替樹人與記者握手。

「後續再麻煩您了，李記者。」

李樹人把握機會站起來朝記者彎了彎腰。

「辛苦了。」

「希望您早日康復。」

聽到記者的問候。接著腳步聲漸行漸遠。

採訪結束了，運氣還不錯。韓智秀攙扶著樹人，接下來能做的只有等待而已。

李樹人想像著在黑暗中朝自己而來的 Copycat，比起恐懼，更多的是興奮。

＊＊＊

吳大英科長在首爾警察廳五樓的保安玻璃門前驚慌失措。玻璃門必須以指紋或出入證識別後才能打開，但他按了幾次指紋都顯示錯誤訊息，最近一個月都是這樣，所以吳大英只好用出入證，但因為剛才急著出來把證件放在辦公室裡，現在不得其門而入，最後只好打電話到重案組叫下屬把門打開這才得以進去。

吳大英回到自己的辦公室，一坐下就把從宣傳股收到的微型記憶卡插入手機裡。按下播放鍵，影像立刻出現，是李樹人警監接受訪問的原始影片。

吳大英一邊對照採訪時另外錄音後列出的文字檔案，一邊觀看影片。

採訪一開始，李警監毫不猶豫地回答記者的提問。

「身體上完全沒有問題。在拘捕過程中所受的傷都已經完全復原了。」

吳大英點點頭，好的開始。

李樹人對於Copycat的犯罪動機明快地回答，他使用「衝動殺人」、「快感」這類的字眼，切斷稍有不慎就會附著在Copycat身上的社會意義，強烈地感染到大眾的耳裡。Copycat抄襲五起未解決案件的手法，犯下連續殺人案，這個回答對大眾也很有說服力。這個回答將使人們的好奇心集中在Copycat是如何殺人的，而且還會給人們留下Copycat只是個變態模仿犯的印象。

李樹人苦心回答問題，把Copycat和大眾在心理上分開。只是李樹人的視力還是沒有恢復，他的視線與攝影機的鏡頭屢屢游移不一致。即使攝影記者舉起手示意攝影機的位置，李樹人還是無法對準，他的眼神看向別處回答。不過並不是很明顯，所以經過剪輯之後一般人應該看不出來。

吳大英一邊看著影片，一邊在文字紀錄上用紅筆標示出需要刪除的部分，他只留下簡潔的核心回答。

「我確定。警方經過調查確定無嫌疑才將他們釋放。他們本來就是受害者，而Copycat等於是又再殺了一次受害者，所以更加惡毒。殺害沒有嫌疑的無辜人士就是他犯罪的本質。」

吳大英一再把李樹人這一段回答重複倒轉回放，他的回答雖然很明確，但可惜太客觀了，該如何剪輯讓人苦惱。

他看了看時鐘，距離向媒體發布只剩下不到一個小時。如果不是首爾廳長的指示，他真想延後對Copycat事件的記者會。但是從覬覦下屆警察總廳長的地方廳長立場來看，絕不能對Copycat事件置之不理。要登上金字塔最頂端，能左右的不是「功」，而是「過」。政治嗅覺突出的首爾廳長可能認為現在是擺脫「過」的負擔的最佳時機。

吳大英在腦中重新組合李樹人的回答，只要好好剪輯一下，李樹人警監的冷靜形象就能被刻畫出來。

他把要剪輯的內容記在文字紀錄上。

影片接續播放李樹人具體提及連環殺人事件的畫面，吳大英將這個部分略過。反正李樹人提及的部分，目的是為了挑釁Copycat，裡頭摻雜了真真假假，所以不公開也好。

吳大英想想，與其大費周章剪輯影片，不如以李樹人的分析為基礎，自己再對事件進行說明會比較好。沒有時間考慮能不能寫在新聞稿上，他跳過李樹人對事件所表達的幾個回覆，並且調整了刪除及需剪輯的指示事項。

這是恰當的結尾。

吳大英命令秘書室職員把影片和文字紀錄交給宣傳股長，懂得看眼色的宣傳股長會動員最優秀的人力，在規定的時間內剪輯好影片並帶來。

吳大英打電話給秘書室，秘書室職員像正在等著他一樣，立刻幫他轉接給廳長。

「我是吳大英。」

「時間很緊迫，應該準備就緒了吧？」

「是，已經準備好了。」

「簡報和結尾都不要失誤。」

「我明白。」

「好，我相信你。等我成了廳長，你就是吳大英部長了。」

「謝謝。」

廳長在示意升職相關承諾後掛斷了電話。如果他真當上警察廳長，應該會遵守諾言，現在廳長的左右手警察廳調查局長就是一個例子。

吳大英感覺口乾舌燥，他對升職沒太大的興趣，只是不想因為Copycat在自己的經歷上留下污點。

記者會後，一切都會快馬加鞭迅速進行，要求進行現場鑑證的呼聲肯定會越來越高。以李樹人現在的狀態要進行現場鑑證是不可能的，反而有可能被記者們發現他的異狀。吳大英想到日後可能會發生自己無法控制的情況，更加感到不安。

他起身走到書架前停住，書架的最上面一層斜立著各種獎牌、FBI研修紀念品等。他又彎腰看了看魚缸，裡面的觀賞魚揮動著比身體還長的鰭，悠閒地游著。吳大英凝神看了好一會魚兒的寧靜悠游，不安的心情逐漸平靜。

先把看不到解答的頭痛問題拋在腦後，他決定現在先集中在記者會上。現在他只能相信並等待韓智秀，只能相信並等待她的判斷和能力。

吳大英從辦公室的衣櫃裡拿出制服，人們相信這些代表權威的制服、階級與地位、媒體輿論。

謊言就是靠這些東西堆疊出來的。他換上制服，準備就緒。

12

李樹人做了個夢。這是他失去記憶之後第二次做夢。

兩個男子在熊熊燃燒的屋裡發生肢體衝突。煙霧瀰漫，眼前什麼都看不見，連呼吸也喘不過氣來。點燃火苗逃向窗戶的男子，被另一名男子抓住摔在地上。摔倒在地的男子身上燃起了火花。另一個男子用手按住想要站起來的男子胸口，火勢往上蔓延到男子的手。

火勢繼續蔓延，李樹人被熱氣熏得睜不開眼睛，突然聽到好像有什麼快爆開的聲音。閉上眼又再度睜開眼，李樹人正俯視著被火附身的男子。他用毯子蓋住了掙扎的男子，火苗燒到毯子，順著李樹人的雙臂往上竄升，他忍不住發出悲鳴。

李樹人被從自己嘴裡發出的悲鳴聲嚇到從夢中驚醒。

「怎麼了？」門打開，傳來了中低音的詢問，是負責值晚班的金警長。

「做了個惡夢。」

「是嗎？沒什麼問題吧。」

冷靜的聲音。聽到他的腳步聲，接著門關上。

李樹人不知道這個夢是自己潛意識中的記憶，還是因為壓力所致。夢中的場所是Copycat縱火命案的現場，今天李樹人得去進行現場鑑證。失去記憶，也失去視力，不知道自己是否能做得好，他感到很害怕。

看著窗外，或許是因為比平常早起的關係，窗外仍一片黑暗。李樹人等著韓智秀到來。

＊＊＊

韓智秀走出地下鐵車站，朝著警察醫院前進，醫院的正門前聚集了一群記者。

這是昨天記者會的餘波。李樹人警監受訪的影片被編輯成吳大英科長的新聞簡報資料，同時影片透過網路瞬間擴散。

吳科長公開了Copycat的犯罪手法，令大眾大為震驚。而且還刻意在記者會最後公開原本列為非公開的金英學事件，在記者會上演高潮。

頭部、手指被切斷，從腰椎被切成二等分，屍體在人們心中留下非常強烈的意象。Copycat為「實現正義」傳遞的訊息被刪除，人們重新認識到那個傢伙只是個瘋狂的連續殺人魔。

記者會結束，記者們卻未離開，繼續不斷提問並要求進行現場鑑證。新聞快報露出後，不僅是無線臺，就連綜合頻道也整天都在談論Copycat。最後，首爾廳長直接指示帶李樹人警監到案發現場公開進行現場鑑證。

雖然吳大英強烈建議以李樹人現在的狀態，不適合進行公開現場鑑證，但在首爾廳長的指示和輿論的推波助瀾下逼不得已只好照辦。其實早在決定向媒體簡報前，吳大英就預想到會有這樣的結果，便指示韓智秀與李樹人一同進行現場鑑證。

韓智秀無法說什麼，因為連下任警察總廳長候選人第一順位的首爾地方廳長都出面了，她也明白吳大英科長能做的有限。而她在看到網路上傳播的受訪影片後，自己也料想到最終還是會進行現場鑑證。韓智秀要求擴大案發現場的警戒範圍，防止一般民眾和記者太接近。這是她唯一能夠做的。

吳大英科長指示投入首爾警察廳刑事科和義警支援，控制現場，並向轄區警所要求協助，好應對公開現場鑑證時可能發生的狀況。

越接近記者，韓智秀的冷汗就越冒越多，手抖得厲害，這是恐慌症的前兆。她停下腳步用力深呼吸，將注意力放在呼吸上，反覆規律地吸氣、呼氣。她避開記者往殯儀館的方向移動，穿過殯儀館從後門進入醫院。

六樓，電梯門一打開，穿著勤務服的警察就確認她的身分。只有在李樹人出病房時才會進行管制的走廊一個人都沒有。不知道是不是整個樓層都列入管制，連偶爾會出來走動的一般病患及家屬都沒看見。

病房前崔正浩巡警穿著便服正在病房門口來回踱步。一看到韓智秀，崔巡警就露出開心的表情敬禮。或許是穿著便服的關係，看起來更稚嫩。

是韓智秀提議這次現場鑑證帶著他一起去的，崔巡警對李樹人的狀態很清楚不需要另外說明，同時李警監對他也熟悉，應該會比較放心。

韓智秀打開病房門進去。李樹人已經換下患者服，穿著西裝站在窗前面向窗外，他的肩膀看起來很僵硬，似乎在俯看大門前成群的記者。

「準備好了嗎？」

「好了……」

韓智秀看了看手機確認時間。現在這個時間，附近轄區警所支援的警力應該正在協調樓下記者拍攝的動線，車子想來已在醫院正門等候。

她幫李樹人戴上口罩和帽子，寬大的袖口露出纏著繃帶的細手腕。穿戴好帽子、口罩和寬大西裝的李警監，看起來就像小時候電影中的透明人一樣。若將繃帶解開，脫掉帽子、口罩和寬大的西服，彷彿就完全看不見人了。

韓智秀挽著李樹人的手臂。李樹人在韓智秀的帶領下一步一步移動。

病房的門打開了。

崔巡警像一直在等著似地，上前挽住李樹人的另一隻手臂。三人就像兩人三腳一樣，步調一致地走在走廊上。

李樹人在另外兩人的攙扶下走過長廊搭乘電梯。電梯剛到一樓，就聽到遠處傳來喧鬧聲。

「停在醫院正門口的車子是偽裝的，我們坐停在後門殯儀館旁的救護車走。」

在坐上救護車之前，一路上都沒有人把他們攔下。

韓智秀鬆開李樹人的胳膊，攙扶他坐上救護車，李樹人坐好後背靠著車廂壁。崔巡警則是從頭到尾都未鬆開樹人的手。所有人都上車坐好後，救護車立刻出發。

車子緩緩地經過二次左轉和一次右轉之後，開始加速，接著進入主要幹道之後，救護車就開啟蜂鳴器加速行駛，身體就像被加速度推著一樣。

李樹人在救護車高高低低的蜂鳴聲中不斷聽到吵雜混亂的警笛聲夾雜其中，顯然前方有警車擔任前導並護衛他們。救護車一路疾駛完全沒有停下來，在道路上像要飛起來似地奔馳著。在這種時間用這樣的速度奔馳，可見救護車應該是行駛在首爾市的外圍道路。

不久之後，車子的速度放慢，蜂鳴器也關掉了。應該是從主要幹道進入次要道路，車子逐漸減速，最後完全停了下來。

警車的警笛聲又響了起來，不一會兒，接二連三地傳來「啪」的聲響，聽起來像是有什麼東西撞到車身後又碎掉的聲音。

「怎麼回事？」李樹人問道。

「有民眾在丟雞蛋。」韓智秀若無其事的回答。

「……為什麼？」

「因為對無法抓到連續殺人魔的警察表達憤怒啊。」

警笛聲不斷響著，車子稍微往前進了一點。

民眾高聲叫囂和哭喊，與警車和救護車的蜂鳴聲混雜在一起，李樹人完全無法思考。不久之後，雞蛋擊中車子破碎的聲音和人們的尖叫聲漸漸平息了。

車子停了下來。

韓智秀和崔巡警先下車，再協助李樹人下車。

遠處依稀傳來嗡嗡的聲音，但李樹人聽不清楚。或許是因為天空陰沉的關係，周圍物體的輪廓都看不清。

「我們到了。這裡是縱火案現場，是多戶數的集合住宅。」

韓智秀和崔巡警攙扶著他前進。

「前面是一個狹窄的樓梯。案發現場在二樓。」

有人走上前來，把一個像名牌的東西掛在李樹人脖子上。

「這是出入證。」韓智秀解釋。

李樹人點了點頭。

李樹人很困難地邁步，因為無法知道樓梯的高度，腳總是被絆到，每次都是韓智秀和崔巡警抓住他。李樹人以微小的步幅爬上階梯。

韓智秀先上樓，樹人聽到她撕開警方在現場設置的出入封鎖線的聲音。接著聽到門打開的聲音，然後聞到了刺鼻的氣味，這是在火災現場能聞到的燒焦味，但並未聞到放火的油耗味。

李樹人等待著韓智秀打開手機的錄音功能，但一直未聽到敲擊手機螢幕的聲音，而是「叮」一聲輕快的信號聲，那是攝影機開啟錄影功能的聲音。

「有燒焦的味道。」

「在這個集合住宅中發生火災，發現一名死者吳柾泰。火災燒燬了二樓的一部分，多虧及時通報，火勢在擴大之前被撲滅。」

「死者陳屍的位置在哪裡？」

韓智秀引導李樹人往屋內走。

現場不知是不是被其他建築物阻擋，只有微弱的光透進來，李樹人無法分辨現場物品的輪廓。就像走在河床上一樣，未乾透的火災餘燼交集在一起，附著在鞋底讓鞋子變得沉重。

「吳柾泰就陳屍在火災發生的二樓臥房內，也就是警監您目前所站的位置。他被發現時倒在窗前，屍體呈現拳擊手姿態（因長期暴露在高溫下，肌肉收縮引起的熱僵直，手腕會蜷縮成類似拳擊手防禦的姿勢）。」

李樹人像個視力正常的人環顧屋內，就像曾經來過一樣，他在腦中開始清晰地勾勒出屋內的構造。

「右邊靠牆壁有床，正面牆壁有窗是嗎？」

「沒錯，您是不是想起什麼了？」

「這裡……身上著了火的男人從窗戶想逃走，但被Copycat抓住後摔在地上。我試圖用毯子把男人身上的火撲滅，但失敗了。」

「您恢復記憶了嗎？」

「這裡，曾出現在我夢裡。」

「夢？很好的徵兆啊。」

雖然沒有顯露出來，但韓智秀應該感到失望。

「……吳柾泰有沒有其他外傷？」

「沒有。」

「屍體氣管中有濃煙的痕跡嗎？」

「有，這是火災發生時還在呼吸的證據。」

「起火點呢？」

「根據碳化的狀態推測，火是從床上某處產生的，然後沿著床邊蔓延到整個房間。」

李樹人心想並不合理，若是Copycat為了能讓火盡快蔓延，應該會製造好幾個起火點。Copycat刻意只在一個地方點火，是為了偽裝成真正的失火而縱火，他冒著失敗的風險只在一個地方點火，然後並未遠離現場，而是就近觀察直到確定吳柾泰死亡為止。

「吳柾泰有什麼嫌疑呢？」

「他被懷疑涉嫌在五個月前，放火燒了自己開的ＫＴＶ以詐領高額理賠金。那場火災共造成七人不幸身亡，其中包括一名女中學生。」

「他未被拘留，應該是沒有找到直接證據吧。」

「在感應器上並沒有檢測出油類，ＫＴＶ的起火點也只有一處。最重要的是，吳柾泰從ＫＴＶ離開十五分鐘後才發生火災，因此擺脫了嫌疑。雖然高額保險理賠金可以成為動機，但在火場中並未找到縱火的媒介。」

「如果是為了偽裝成真正的失火，應該會使用可以延遲起火時間的媒介物，但現場卻沒找到是嗎？」

「對。雖然在火災現場發現燃燒過的痕跡，但卻完全沒有發現媒介物。」

李樹人想起了自己第一次做的夢，夢中的男子在李樹人身上丟擲衛生紙把他蓋住再點火。衛生紙會不會是縱火的媒介？夢裡的樹人似乎在向現實中的樹人傳送訊息。

利用衛生紙又能不留痕跡延遲起火的方法是什麼呢？也許吳柾泰在KTV包廂的塑膠沙發上放捲筒衛生紙，然後把點燃的香菸放在上面，以拖延起火時間也說不定。

李樹人搞不清楚自己的假設是基於邏輯推論，還是突然想起了過去記憶中的事實。他緩緩轉身站在只剩下骨架的床前，韓智秀眼尖地立刻挽住他另一隻胳膊。

李樹人想像著Copycat解開捲筒衛生紙，像壽衣一樣的白紙覆蓋在躺在床上的吳柾泰身上。

「例如像捲筒衛生紙。」李樹人感覺到勾著胳膊的韓智秀刑警似乎縮了一下。

「您是不是想起了什麼？」

「這……都是在我夢裡出現的。」

「看來警監在夢裡幾乎已經逮到Copycat了。」

「若有第三次做夢，希望可以記起Copycat的臉。」

風穿過刺鼻的氣味吹了過來，距離窗子不遠。

李樹人覺得疑惑，為什麼吳柾泰直到自己身體著火了都不知道？如果起火點只有一個，那麼在火勢蔓延之前應該可以逃出才對啊。

「吳柾泰為什麼無法逃出？」

「在他的血液中驗出酒精濃度高達零點三五，可說是醉酒狀態了。」

李樹人用鼻子呼吸，繼續跟著夢裡的記憶走，不，是跟著氣味走。

醉酒狀態的吳柾泰在濃煙密布中慌張地找尋窗戶。蛋白質燃燒的燒焦氣味刺鼻。他跟著慌亂的吳柾泰的動線移動，挽著他胳膊的韓智秀緊跟著他，看起來就像是看不見的李樹人在帶領著韓智秀移動一樣。他在他認知的窗戶前面停下腳步，聽到腳下碎玻璃的聲音，鼻尖上感覺到一股新鮮空氣。

「在這個位置發現了吳柾泰，呈現拳擊手姿態。」是崔巡警的聲音。

李樹人蹲低身體往下摸，摸到了硬邦邦的人體模型。試圖從窗戶逃生的吳柾泰被Copycat拉住摔在地上，同時為了不讓吳柾泰脫逃，Copycat還用手壓住他的胸口，讓火蔓延到吳柾泰全身。或許李樹人就是在那個時間點來到現場。如果消防救援晚一點出動，說不定他也跟吳柾泰一起成為焦屍。

但是李樹人覺得太巧合了，Copycat為了處置酒醉狀態的吳柾泰而放火，在火勢擴大之前有人報案？這個劇本也寫得太剛好了吧，難不成是Copycat自己打電話報案的？

「報案的人是誰？」

「南浩熙，四十一歲，是火災發生後第一個打電話報案的人，多虧他使得這場火災只有吳柾泰一名死者。不過他並非住在附近，據他的陳述，他是剛好路過無意間發現失火了才報案的。經過調查，推測的起火時間點他坐的地鐵正好抵達車站，所以不在場證明成立。」

「還有其他嫌疑人嗎？」

「李柱浩，四十一歲，是保險業務員，他就是案發當天與死者一起喝酒的人。他們是因為KTV火險理賠的事而相約見面，喝完酒之後他的不在場證明經確認無誤所以排除嫌疑。還有金賢，四十歲，是在大學教犯罪心理學的兼任教授。他的女兒在KTV大火中不幸喪命因此被列為嫌疑人。不過推測的起火時間，在案發現場附近便利商店的監視器有拍到他，所以他也有不在場證明。起火之後他在火場附近和其他民眾一起圍觀，根據他的陳述，表示根本不知道吳柾泰的家就在這裡。他與過去Copycat犯下的連續殺人案是完全沒有因果關係的人，只因在案發當時在現場周圍看熱鬧，光憑這一點無法逮捕他。」

李樹人感覺金賢這個名字很熟悉，但又想不起那份熟悉感從何而來。如果不是自己的錯覺，金賢或許存在於他記得和不記得的事之間。

「金賢……這個名字好像聽過。」

「金賢這個名字……您記得嗎？」韓智秀一個字一個字慢慢地問，聽起來有點緊張，聲音都分岔了。

「不，我不記得。」

「也許是以前曾經聽過吧，因為首爾警察廳的未結案件曾交給金賢分析過。」

李樹人覺得萬幸，這不是錯覺，他在情感上覺得熟悉的名字留在他的記憶中，這說明了他的記憶正一點一點的回來。

李樹人觸摸著在地上代替吳柾泰的人體模型，努力思考自己是否錯過了什麼，能夠將之前分析過的案件合而為一的，某個重要關鍵。

人體模型就像屍體的皮膚一樣冰冷。可能是因為刺鼻的空氣，李樹人開始頭痛。

13

連著好幾天，韓智秀都沒來病房。

崔巡警的細聲細語和徐巡警粗聲細氣的聲音幾度交替，李樹人一直無法入睡。從火災現場回來之後，不聽到病房門打開的聲音，熟悉的味道一直縈繞在鼻子裡，既像腥味，又像被火燒焦的刺鼻氣味。他整天都望向窗外，窗外太陽升起，又落下。太陽一下山，以黑暗為背景，他可以辨識自己的臉映照在玻璃窗上。他的視力正在恢復。

李樹人漸漸可以看到映照在玻璃窗上的臉孔輪廓，但是眼、口，鼻仍像馬賽克一樣糊成一團。是誰?他的記憶、他的視力，到現在仍然看不清自己。

「我要在此鄭重道歉。」李樹人轉頭朝向病房門口。他聽到病房外傳來上次採訪時他最後說的話。

李樹人急急忙忙過去，猛然拉開病房門。模模糊糊地看到，金警長正彎下腰撿掉在地上的手機。

「我一定會逮捕 Copycat，讓他接受應有的制裁。非常抱歉。」李樹人的採訪一直持續到金警長關掉影片為止。

「可以看看採訪片段嗎？」

金警長似乎從耳朵拿下什麼東西，雖然看不清楚，但光從動作判斷應該是摘下耳機。

「你不能一個人走出病房。」金警長把手機和耳機很快地塞進褲子口袋裡，然後用身體擋住李樹人。他的態度堅決，兇狠得像是要動用武力似的。

採訪內容公開傳了出去，現在不知道 Copycat 會不會找上門來，所以金警長格外敏感，這點李樹人可以理解。

過了一會兒，聽到病房門外金警長長長地嘆了一口氣，接著聽到甩開警棍和轉動手槍彈巢的聲音。有他在，李樹人得以休息片刻。

李樹人閉上眼睛，在腦海中再現剛才聽到自己受訪的內容，然後突然發現，播出的內容與自己受訪時不太一樣，是剪輯過的。

＊＊＊

又過了幾天。

李樹人最近開始以逆順序的方式回顧過去，努力回憶每個瞬間。

回到醫院之前，坐上救護車之前，現場鑑證之前，被崔巡警勾住胳膊之前，一起走出醫院之前，做夢之前，在那一天之前，以及再一天之前。從他記憶中的最近到記憶斷裂的那一刻，努力地反覆回憶了好幾次。

起初他連剛剛之前做了什麼都記不住，但一再重複回想，就像寫了數十次偵訊筆錄一樣，記憶的順序被重新整理，李樹人的記憶像隨著時間線整理好的紀錄一樣清晰。他在逐漸清晰的記憶中找到散落的拼圖，逐一把一片片拼湊連接起來。

崔巡警全副武裝守在病房前，與護理師們在緊急狀況下仍結伴來到病房的記憶連接；韓智秀像普通百姓一樣每次都會問一些最基本的問題，與她每次都用手機錄下對話的記憶連接；因為太輕而經常掉落的塑膠湯匙，與剪輯過的採訪、被蛋洗的記憶連接。將記憶的碎片拼接起來，看到了這段期間沒看到的大構圖，但李樹人又被越拼湊就越想弄散的矛盾衝動束縛。

窗外日升又日落。

好久沒睡了。像要把長久以來不足的睡眠一次補足，李樹人連著好幾天陷入沉睡。他在睡夢中聽到有人喊自己的名字，還意識到有人在床邊待了好一段時間才走。但是他連眼睛都睜不開，很快又陷入了沉睡。

在沉沉入睡這段期間，李樹人一次都沒有做夢。

有人。樹人睜開眼。

一名短髮女子穿著深色的衣服正看著樹人。雖然看不清楚眼口鼻，但能感受到一股冷冽的氣氛。

李樹人本能地撐起身子。

「您醒了。」

是韓智秀的聲音。樹人在聽到韓智秀的聲音之後，才把她的模樣和聲音連在一起。

「我好像睡很久了。」

「這幾天辛苦了。」

李樹人有些猶豫，不知道該從哪裡開始。腦子裡彷彿盤根錯結的枝條纏結在一起，很難一一解開。他把思想的條理剪斷重組，成為最粗略的一句話，

「我知道 Copycat 的真實身分了。」李樹人很想知道韓智秀現在臉上的表情。是驚訝？還是像石頭一樣僵硬。

李樹人瞇起眼睛想對準模糊的焦點，但是仍看不清楚韓智秀的眼、口、鼻。

韓智秀掏出手機在螢幕上敲擊，「咚」的聲音傳來，她手中的手機抖動的程度讓李樹人都注意到了。

「您……全都想起來了嗎？」

李樹人沒有正面回答。

「KTV 老闆命案中的其中一名嫌疑人就是 Copycat。」

韓智秀輕嘆了一口氣。她抓住病床欄杆，好不容易才坐下，似乎是想努力保持鎮定。「可是他們全都有明確的不在場證明。」

「一個犯罪是各個行為的延續。然而，如果把這些連接在一起的行為一一分開來看，決定性的證據就會消失。就像魔術師的障眼法一樣。」

「這是什麼意思？」

「保險業務員只負責讓受害者處於醉酒狀態，所以他有不在場證明；火災報案的人只負責阻止火勢蔓延，避免產生其他受害者，因為目標就只有吳柾泰一個人，所以他在起火時也有不在場證明。最後，大學教授設計和執行了這起犯罪事實，但他在起火當時也有明確的不在場證明。這一切其實就像之前吳柾泰做過的一樣，如果全都由一個人來完成，恐怕無法做出不在場證明，應該馬上就被拘留了。」

「您是說他們共謀犯案？可是沒有共同動機啊。」韓智秀又問了個非常基本的問題。

李樹人回想她到目前為止問過的問題，深覺她真是一個非常聰明的刑警。他嘴角扯動，努力想露出笑容，但臉部、嘴邊的皮膚因為燒傷的關係無法做出笑容。

「大學教授金賢，他的女兒在ＫＴＶ火災中不幸喪生，所以他有明確的復仇動機。對將縱火事件以失火事件終結的警方感到不滿，對調查的嘲弄心態也很明確。另外延遲起火的手法應該與ＫＴＶ火災是同樣的方式，也許這起事件的兩名嫌疑人也與Copycat的其他案件有關，這是韓警官必須尋找的一片拼圖。」

「金賢是Copycat？但金賢與其他案件並沒有關聯。雖然他女兒在ＫＴＶ大火中喪生，而讓他與ＫＴＶ老闆的命案湊合在一起，但其他案件他完全沒有動機，與殺害李政宇一案當然也沒有因果關係。」韓智秀的聲音回復平靜。

「Copycat為了抹去自己的犯罪動機而開始連續殺人，這也是一種不在場證明。」

「這是什麼意思？」

「如果Copycat為了替死去的女兒報仇，只殺了ＫＴＶ老闆，妳想想看，那傢伙絕對無逃出警方的調查網，因為殺人動機太明顯。」

「您的意思是說，Copycat 為了掩飾為女兒報仇的殺人動機，所以犯下與自己毫無相關的另外四起命案嗎？」

「自己的家人死得那麼冤枉，卻沒有一個人受到懲罰？Copycat 在女兒死後才親身體會到這種心情。他為了證明自己的復仇是合理的，同時也為了抹去犯罪動機而連續殺人。他對那些因為無法證明犯行，而被釋放的嫌疑人進行直接審判。」

韓智秀既未肯定也沒有否定。「那近期發生的李政宇命案呢？KTV 老闆命案發生後，金賢成了警方注意的對象，他絕對不可能去殺人啊。」

「殺死李政宇的是 Copycat 沒錯，但並非是他打破了冷卻期。」

「您是說 Copycat 殺死李政宇並非打破冷卻期的意思？」充滿不信任的聲音。

「李政宇早就被 Copycat 殺死了。」

「這是什麼話……不久前我們才去過命案現場啊？」韓智秀急切地說。

「那個現場是做出來的。」

「……」

「如果真的是命案現場，車程不會那麼久。那麼遠的距離，表示案件的管轄單位不一樣。」

「哪個管轄單位會比 Copycat 的連續殺人案重要嗎？」韓智秀陷入窘境，近乎牽強附和的辯解。

「那天我們到達現場前，車子曾經暫停，然後有人問『是不是職員？』車上有人回答說是首爾廳來的。」

「沒錯。」

「我剛開始以為真是為了找尋 Copycat 的線索才去做現場鑑證。」

「不然……是什麼？」

「那是通過搜查研修院正門的例行程序。如果是去真正的案發現場，就不應該是那樣的問與答。我會推測是搜查研修院，是從醫院出發的距離推測的。」

韓智秀一時無話可說，她本想按壓手機螢幕，但最終還是放棄了。「怎麼說警監都只是推測罷了。可能是，也可能不是。」

如果反過來解讀韓智秀的話，那麼猜對的機率至少有一半。李樹人可以理解韓智秀的態度。

「那天在現場有回聲，一般住商大樓獨居套房的天花板低矮、空間狹窄，不應該有回聲，可見那天現場的實際空間更寬敞。」

「還有什麼？」

「現場的血液未全乾，血腥味很重，感覺流血狀態發生並沒有多久，但這不是很奇怪嗎？照理說科搜組現場鑑證應該已經結束一段時間了，但卻好像知道我們要去，所以提前撒了鮮血似的。」

「因為死因是死血過多啊。」韓智秀的反應就像沒有現場經驗的菜鳥。

以體重七十公斤的成年人來算，體內的血量約有五公升，若流失二公升以上就會死亡，但即使是失血過多而死，在一般情況下會流出身外的血量也是有限的。失血過多而死這個回答無法解釋現場的血為何沒有乾涸。

眼睛看不見，其他器官就會變得特別敏感。

「那邊，有看到窗戶吧？」李樹人用手指著病房的窗戶，韓智秀轉過頭去。

「其實在那天之前，我就已經可以區分從窗戶照射進來的光線了。我的視力正在逐漸恢復。」韓智秀深吸了一口氣，同時敲了敲手機螢幕，錄音中止。

「那天現場也有窗戶，但是窗戶外卻是完全的黑暗，明明是白天卻一點光都沒有透進來的窗戶，不覺得很奇怪嗎？那扇窗外就只是牆壁而已，不是窗戶沒有打開，是打不開。」

「……我們沒有理由騙警監您啊。」韓智秀慢了半拍才回答。

「有的，因為你們必須讓我做現場鑑證。我去的那個現場，是你們重現 Copycat 殺害李政宇的命案現場，所以那天韓刑警沒有錄音也沒有錄影。」

雖然看不到表情，但樹人感覺韓智秀似乎臉色變得有點慘白。

「……很抱歉。」短暫的沉默過去，韓智秀承認了。

「是科長的想法，他認為壓力有助於加速恢復記憶。」

她像在狡辯，說是吳科長的想法，但樹人相信她的話。

沉默持續。

「我能理解，因為案發現場早已整理過了，這應該是為了讓我進行現場鑑證的苦肉計。」

李樹人不帶任何感情平靜地說道。他真的可以完全理解韓智秀，如果今天站在她的立場，他也會照指示去做。

過了一會兒，韓智秀又敲了敲手機螢幕，錄音再度開始。

「如果金賢是Copycat，為什麼要以那些人為對象犯案？若整體來看，曾經是有力嫌疑犯卻因證據不足而釋放的不止那些人。」

這是李樹人之前問過韓智秀的問題。當時韓智秀表示，這個問題應該由李樹人回答。李樹人現在才明白她的意思。

「因為是金賢。金賢只負責分析首爾廳的未結案件，他對其它單位的案件並不清楚。」

李樹人聽到韓智秀傳來微微的嘆息，現在該是下最後結論的時刻。

「您恢復記憶了嗎？」韓智秀再次問同樣的問題。

「比起Copycat的真實身分，妳更想知道這個問題的答案吧？」

「……」

「當我意識到自己認為理所當然的事並非理所當然時，信任就出現了裂痕。為什麼配有武裝的警察要守在病房外？為什麼除了韓刑警和吳科長以外的人來訪時，都要打開病房門？為什麼崔巡警不時要確認手槍和伸縮警棍？為什麼要讓成年人的我使用塑膠餐具？為什麼護理師總是兩兩一起來到病房？為什麼只要到病房外走道就進行管制？為什麼只要到病房外，韓刑警與崔巡警總是會左右架著我的胳膊？為什麼說我不能獨自到病房外？為什麼說只要我恢復記憶，逮捕Copycat是遲早的事？還有，為什麼說犯人就在眼前？負責控制這一切情況的韓刑警其實是個誠實、聰明的刑警。」

「所以呢？我的問題，答案是什麼？」韓智秀的聲音帶著一點心虛。

「這所有問題的答案只有一個，守在病房外的武裝警察不是為了保護我，而是拘禁我，這與Copycat就在眼前的答案一樣。我在縱火案現場卻沒有救吳柾泰，那是因為目的不同，我不是為了救他去那裡，是為了審判他才去那裡。在夢中拯救吳柾泰是現在的我歪曲的記憶。」

「……」韓智秀沉默不語，她的沉默就如同答案。

「韓刑警每次對話都錄音，還有總是提出一些不像資深刑警會問的基本問題，這都是有理由的。錄音是為了留存嫌疑人的陳述紀錄，這與現場鑑證一樣重要。我家裡的東西都裝在箱子裡是因為那些都是被警方扣押後返還的證據。在進行縱火案現場鑑證時掛在我脖子上的卡片不是出入證，應該是寫了『嫌疑人』的牌子。砸向車子的雞蛋應該是想砸連續殺人魔吧。對了，如果我早點想到『李樹人』這個名字的另外一個意思，應該會更早猜到。『樹人』就是囚人[4]的意思不是嗎。」

「所以……記憶恢復了嗎？」韓智秀用乾啞的聲音問道，沉著冷靜到令自己也吃驚的程度。

「最終韓刑警想從我這裡聽到的答案只有一個，記憶恢復了。因為不能讓一個喪失記憶的連續殺人魔站在法庭上，若照這種狀態，我會因為精神異常而免除刑責，因為法官不能懲

4 樹人與囚人的韓文同為「수인」，李樹人韓文為이수인，正是「這個囚人」。

罰不記得自己犯下什麼罪行的人。」

「……你認為在這場對決中，最終是你獲勝了是吧？」不知她是提問還是自言自語，語氣不明不白。

對於接下來的話要用什麼語氣，李樹人有點遲疑，他希望韓智秀聽了不要以為是在諷刺她。

「要繼續問嗎？是否恢復記憶了。」

「……」韓智秀並未再問。她轉過頭，看著窗外。

李樹人也覺得面對她有壓力，所以也把視線轉向窗邊，他看到窗外明亮、晴朗的藍色天空。

「我，金賢，身心健康，恢復了記憶。以上陳述未受任何壓力或不當脅迫，是以自由意願錄音的。」

「……」韓智秀緊握著手機，握著手機的手在顫抖。努力保持冷靜的她明顯地動搖了。

李樹人忍住衝動，不去抓住她顫抖的手。

韓智秀敲擊手機螢幕的聲音打破凝重的沉默。錄音結束。

「……為什麼承認？」

「妳也知道，這並不是遊戲，復仇結束了，沒有贏家也沒有輸家。就像我在受訪時說的最後一句話，我認為應該受到適當的制裁。如果要在沒有記憶的人生和有記憶的人生中選擇的話，我會選擇後者。」

「沒有記憶也要受制裁嗎？所謂適當的制裁就是死刑嗎？」

「當然。過去的我已經做了選擇。」

病房裡流淌著難以打破的淒涼感。

韓智秀依然無法正眼看著樹人，她的呼吸突然變得急促了起來。

她用袖子擦去額頭上的汗珠。

「妳還好嗎？」

「有點不太舒服。」韓秀智勉強回答。她搖搖晃晃地走進洗手間。

過了一會兒，聽到了水流的聲音。

韓智秀走出洗手間，用手背擦去嘴邊的水。雖然沒看到她的表情，但是和她暗沉的衣服顏色形成鮮明對比，慘白的臉龐顯得更加突出。

韓智秀翻找包包拿出了刑警手冊。急促的呼吸恢復了正常，看起來比剛才好一點。她迅速翻開手冊，從裡頭拿出一張紙。

「這是上次從警監家中拿來的。原本應該貼在書桌前的牆上。」

韓智秀仍稱呼李樹人「警監」。比起韓智秀遞過來的紙，李樹人更在意她到現在還叫自己警監。

「是您的女兒。」

他接過韓智秀遞過來的紙。腦海裡閃過各種想法，我女兒？李樹人不知所措，他不記得，而且一點感覺也沒有。

李樹人瞇起眼睛專注地看著照片，好不容易才辨識出照片中的短髮少女和衣服顏色。他突然感到害怕，因為他看不見第一次見到的女兒的臉，越是想看清楚，視線就越模糊，頭越來越痛。李樹人想把照片放到病床一側，卻還是離不了手。

「和警監很像，看起來很聰明。」

韓智秀還是叫他警監。比起金賢這個名字，「李樹人警監」還是比較習慣。像我？不管是自己的臉還是女兒的臉，樹人都想不起來。他不經意地用手撫摸自己的臉，摸到燙傷的痕跡。李樹人不知該說什麼，他感覺自己好像已經過完了一生，疲憊，但不後悔。

「現在……該換下病患服，去首爾警察廳是嗎？」

韓智秀沒有回答，她像強迫症般地敲打病床欄杆，指甲敲擊的聲音越來越快。

「不需要感到抱歉，換作是我也會這麼做。」

「我要先向科長報告，這件事暫時只有我們兩個人知道就好。」

「我明白了。」

事情結束了，但韓智秀卻磨磨蹭蹭，似乎還有話要說。

李樹人不用聽也可以猜得到她想說什麼。

「我有點累了，不介意的話我想休息了。」李樹人為她製造離開病房的理由。

韓智秀看著李樹人。李樹人避開她的目光，望向窗外。陽光已經離開四方形的窗框。

「我會再來的。」韓智秀離開病房，在她關上病房門之前，李樹人的視線都沒有離開窗邊。

在聽到崔巡警和徐巡警交接的聲音之前，樹人一直望著窗外。太陽下山，沒有開燈的病房內漆黑一片。

李樹人用指尖描繪著照片中輪廓模糊的女兒的臉。臉的輪廓很美，沿著他的指尖，女兒的樣子似乎轉移到記憶中的某個地方。他突然想念起不記得的女兒，這才意識到自己的頭痛其實是從心臟周圍開始，那是一種心臟彷彿要撕裂的感覺，他的臉因痛苦而扭曲。

14

孫志允警官在小吃店的一角坐下，拿湯匙舀起砂鍋裡的熱湯，大口往喉嚨裡送，這下總算像是活過來了。結束夜間值班的刑警聚在一起，燒酒杯空得很快，大家都累到無聲無息只是一個勁地舉起酒杯。

孫志允也一樣。前一晚正是俗稱的火熱星期五，簡直就是星火燎原，暴力鬥毆、扒竊、性侵和性暴力等接連不斷的案件讓他喘不過氣來。疲勞的空腹很快就吸收了酒精，醉意也瞬間襲了過來。

孫去允咬一口蘿蔔塊，電視原本播放的晨間節目突然中斷，插播新聞快報。連續殺人魔金賢的命案現場模擬正實況轉播中。小吃店裡所有人的視線都集中在電視螢幕上。

金賢從救護車上下來，立刻被攝影機捕捉到。孫志允放下手中的酒杯，他看的不是金賢，而是戒護金賢的人，雖然在遠處，而且還被金賢擋住，只能看到側臉，但孫志允一下子就認出，是韓智秀刑警。韓智秀挽著金賢的胳膊在一旁戒護。

犯罪心理分析師不會只是戒護嫌疑人的角色，韓智秀顯然負責訊問金賢。偶然再次重疊。

「哇，看那傢伙眼神，冷得讓人毛骨悚然。」吳刑警緩緩把酒送進喉嚨裡後說道。

「看影片他根本就是個變態。」組裡的老么附和著。

孫志允也想起昨天看到金賢的訪談影片。金賢的訪談在吳科長主持的記者會中作為陳述證據公開，但人們只把金賢的訪談部分節錄下來，製作成「變態專訪」影片，在社群網站上瘋傳，就這樣影片也傳到孫刑警手機裡。

在影片中，比起金賢的陳述內容，孫志允更關注他的陳述態度。金賢描述自己犯下的殺人案時很生硬，就像在描述第三者的犯行一樣。雖然不是沒遇過這類沒有罪惡感的犯罪者，但是不知怎麼的，孫志允總覺得金賢的態度有股說不出的不自然。

在陳述時，他的視線每瞬間觸及的地方似乎都有微妙的不同。孫志允發覺金賢的訪談影片是被剪輯過的。雖然剪掉的句子中間可以重新編輯填補，但視線的移動是怎麼編輯也無法自然呈現的。

孫志允找出吳大英科長的記者會影片的原始檔案確認，確定是剪輯過的。只截取嫌疑人陳述的重要的部分，在記者會中發布這並不奇怪，但是在單句字詞上進行剪輯就不太對勁了。或許是調查組從金賢那裡取得陳述時出了什麼問題，孫志允的好奇心僅止於止。證明金賢的罪行是調查組的責任，他並不在乎，但如果是韓智秀負責訊問金賢，那就不一樣了。

韓智秀親自參與了 Copycat 犯下的四起命案中的三起，同時現在還負責偵訊。孫志允在去過首爾廳監察股後，為了尋找 Copycat 的第二個案件——李政宇命案與韓智秀之間的連結，進行了基礎調查。

他還找出 Copycat 殺害李政宇時模仿的原始案件，也就是離家出走女高中生遭暴力致死一案的調查報告。如果是 Copycat 的助力者，不管以何種方式，都必定會留下接觸過原案件報告的痕跡。

但江南警察署的負責刑警表示並不認識韓智秀，也未接到她申請調閱調查報告的紀錄，只記得那起案件是首爾廳行動分析組的組長親自進行現場及罪犯行為分析。

雖然是組長出面，但若是引起社會關注的重大案件，全組要員都可能會參與其中，那麼韓智秀自然也會看到所有與案件相關的調查紀錄。從案發時間來看，與韓智秀的留停時間並未重疊。

韓警查是在女高中生命案的罪犯分析檔案製成後留停，三個月之後，Copycat第二次作案時復職。

「那傢伙是有什麼背景嗎？連手銬都沒有，那不是違反戒護規定嗎？」老么生氣地問吳刑警。

連續殺人魔居然可以不用上銬，重案組的老么覺得不可思議。

「嫌疑人拘留及戒護規則第五十條第一項，對於高齡者、身心障礙人士、孕婦、患者，居住地及身分明確、沒有逃亡隱憂者，可不上銬。」吳刑警明快地回答，他在準備司法考試，擅長背誦法律條文。

「那麼他是患者囉？」

「住院當然是患者，再加上是大學教授，身分很明確。」

「逃亡的意識呢？」

「他的長相都曝光了，還能躲到哪裡去？」

「你去給他上銬試試看，要是他告到人權委員會去，你以後就只能眼巴巴地看著其他同梯升官啦。」

老么聽了露出委屈的表情，「但他一定有背景吧，都已經什麼時候了，他還繼續待在醫院裡，看起來明明就沒事啊。」

「你也覺得哪裡怪怪的，對吧？」孫志允放下湯匙突然插話進來。

老么也乖乖地放下湯匙。「啊？我的意思不是說警方不力啦。對不起，我什麼都不知道還亂講。」

「不是，我也有同樣的想法。」孫志允起身，揮揮手勸阻兩個慌慌張張想站起來的人。「你們多吃點。」

「我什麼都不懂還亂發表意見，對不起。」

孫志允結帳時，還聽到吳刑警責備老么，「都是你，幹嘛說些沒有用的話。」

從小吃店出來，孫志允朝之前調查韓智秀跟蹤嫌疑人一事的鐘路警察署前進。不過帶著酒氣去總是不太好，他決定先隨處走走，直到酒氣散了為止。

＊＊＊

吳大英科長將韓智秀寄給他的錄音檔案下載到個人筆電裡。他特地使用手機熱點連接外部網路，以免留下紀錄，這是從以前調查時就留下的老習慣。

吳大英誰都不相信。在調查過程中掌握的情報，有刀鋒或刀柄的差異，誰能掌握較多有力的情報，就能掌握調查的主導權。如果有內奸把正在調查中的情報洩露出去，那麼調查小組就等於是握著刀鋒進行調查，意味著誰也無法保證誰的脖子會被削。

吳大英把收到的錄音檔案播放，韓智秀的聲音流洩出來。

韓智秀掩飾急躁，小心翼翼地問：「您……全都想起來了嗎？」似乎差點又來不及錄音。

吳大英的心情與錄音檔中的韓智秀同樣急躁，等待李樹人警監的回答。他的心臟不由自主地快速跳動，如果現在旁邊有人甚至可以聽到心跳聲。

李警監沒有回答問題，而是斷定縱火殺人事件的嫌疑人之一就是 Copycat。

吳大英先暫停播放，他大口的深呼吸。事情的進展比他預想的還快，他無法判斷這樣是利還是弊。

錄音檔繼續播放。

韓智秀說縱火案件的嫌疑人全都有不在場證明，而李樹人將他們的不在場證明一一擊破。乍聽之下，陳述的主導權似乎在於李樹人手上，但實際上韓智秀老練地誘導他陳述 Copycat 的殺人動機和目的。

吳大英的心跳回復到正常速度。

接著，李樹人從邏輯上推斷自己前往的現場並不是李政宇命案的實際案發地，而是模擬現場。韓智秀只能承認。

吳大英心裡不是滋味，的確是太過牽強了，直接使用調查官訓練的試場是最大問題，還有為了重現命案現場而撒的豬血量太多了。再加上吳大英居然沒有察覺到他的視力正在恢復，這是關鍵因素。

吳大英後悔自己的大意是不是把事件搞砸了。錄音就此停止，他沒立刻播放下一個檔案，不安的心情像滾雪球一樣膨脹。再次敲擊觸控面板時，他的手指微微顫抖。

「如果金賢是Copycat，為什麼要以那些人為對象犯案？」

聽到韓智秀的聲音，吳大英這才鬆了一口氣，提問的韓智秀和回答問題的李樹人聲音感覺都沒有太大的變化。李樹人可能是因為集中在闡述Copycat的真實身分，感情上似乎沒有發生太大的動搖。

「您恢復記憶了嗎？」

韓智秀再次問道，這也是吳大英每一刻都想問的問題。

李樹人反問：「比起Copycat的真實身分，妳更想知道這個問題的答案吧？」

吳科長僅憑李樹人的語氣就知道他不僅猜到了Copycat的來歷，還猜到了他的真實身分。現在，Copycat連續殺人案的結局取決於李樹人警監的意志。

李樹人一一重現自己是如何推測出Copycat的真實身分。聽了他的說明，吳大英這才知道自己的計畫是多麼的鬆散和漏洞百出，不過李樹人並未察覺到這個部分，有點奇怪。

韓智秀又再問李樹人是否恢復記憶，她的聲音聽起來已經半放棄的樣子，吳大英焦躁地等待李樹人的回答。

「我不是為了救他而去那裡，我是為了審判他才去那裡。」

李樹人輕易承認自己殺死了ＫＴＶ的老闆吳柾泰，承認這件事，也代表承認了自己就是Copycat。這也說明為什麼韓智秀如此執著於他的記憶。吳大英盤算著到目前為止李樹人的陳述錄音檔能否在法庭上證明他恢復記憶了。

韓智秀也不知道的細節，如果光聽他陳述的話，看起來會覺得他是假裝失憶；但若聽到他說出會賭上性命直到將Copycat抓到手這種話，又會覺得他仍未恢復記憶。現在天秤似乎倒向他的記憶不復存在這一邊。如果得到陳述的人不是一名刑警，就沒有必要再聽下去了。

「在夢中拯救吳柾泰是現在的我歪曲的記憶。」

李樹人認為自己在夢中看到的場面是記憶的扭曲。聽起來是很合理的解釋。吳大英重新衡量著李樹人的陳述會加重天秤的哪一邊。

「若照這種狀態，我會因為精神異常而免除刑責，因為法官不能懲罰不記得自己犯下什麼罪行的人。」

就算韓智秀沒說：「你認為在這場對決中，最終是你獲勝了是吧？」這句話，任何人也都能猜得到結局。

聽到這裡，吳大英不得不承認李樹人手裡握著刀柄，現在只能眼睜睜地看著他揮舞，包括吳大英在內，不知誰的脖子會中刀。

「我，金賢，身心健康，恢復了記憶。以上陳述未受任何壓力或不當脅迫，是以自由意願錄音的。」

逆轉。李樹人在明知自己的陳述會帶來什麼後果的情況下，自己宣告接受法律制裁。

錄音到這裡結束。

這都是韓智秀的功勞，因為她與李樹人，不，是金賢，形成心理上的「投契關係」（Rapport，共鳴和信任的關係），所以才會出現這樣的結果。金賢信任她，但是現在樂觀還為時尚早，到真正受到制裁那一刻之前，無論是誰的想法和意志都可能會發生變化。

吳大英看過太多在完美證據面前，仍矢口否認自己犯行的嫌疑人。他們抱著就自試了不成也沒損失的想法，即使是現行犯被抓到也能抵賴到底，尤其像殺人這種重大犯罪更是。就算偵訊時對警方坦誠犯案，到了檢察官面前卻又反悔說是遭到威脅逼供才不得已被迫認罪。

金賢在法庭上也可能翻供，把自己的自白推翻，客觀來看，他尚未恢復記憶是確定的，所以還是有可能脫罪。金賢謊稱記憶已經恢復，這反而代表他手裡握著隨時都可以翻轉局勢的一張牌。

吳大英認為，現在調查的核心是要防止金賢推翻自己的陳述，所以優先取得金賢正式陳述的錄音檔比什麼都重要。這一點韓智秀也很清楚。

* * *

韓智秀的手顫著抖。

在電梯和安全門前都有穿著勤務服的警官管制進出。她沒搭電梯，而是走安全梯下樓。因為她恐懼被關在狹窄的空間裡，同時從金賢病房所在的六樓搭電梯下樓，到一樓一定會有記者湧上來。醫院大廳仍然有很多記者聚集守候。

吳大英科長的記者會引起軒然大波，而且越來越熱烈。吳科長把金賢預錄的採訪影片經過剪輯之後公布，將他塑造成連續殺人後也沒有一點罪惡感的精神異常患者。不只犯罪動機，他還將金賢原本話中第三人稱的主語剪掉，聽起來就像是第一人稱的自述。

媒體輿論對警方至今還將金賢留置在醫院感到憤怒，看過影片的人都高聲呼籲應該立刻將金賢判處死刑。

韓智秀從醫院後門離開。一路上沒有突發狀況，也未受到任何人阻攔。離醫院越遠，韓智秀手部的顫抖就越來越緩和，心跳和呼吸也逐漸趨於平穩。

韓智秀走進小巷裡。路邊停放了一整排車輛，她習慣性地掃視車內，一輛黑漆漆的車內似乎有人。

韓智秀緊張地停下腳步仔細觀察。有個穿著喪服的男子動也不動靠在駕駛座上，看來是睡著了。韓智秀又快步走開。

仔細想想，金賢從對自己不利的情況中逆轉，創造了現在的局面。在犯罪現場中，而且還是以現行犯被逮捕的連續殺人魔能夠反轉案件，這是前所未有的，但是金賢卻做到了。

在KTV縱火案的現場，當消防員發現金賢時，他因吸入大量濃煙而休克，處於心臟驟停的危急狀態，所幸燙傷並不算太嚴重，加上及時緊急處置才救回一命。

金賢為了偽裝成一般失火意外，所以只設置一個起火點，加上火勢蔓延的速度並不快，使得吳柾泰有機會試圖從窗戶逃生。但金賢並沒有離開太遠，他應該是後來又再回到火場阻止吳柾泰逃生。

站在調查小組的立場來看，到此為止是最完美的結局。連續殺人魔抓到了，而且因為是以現行犯被逮捕，所以連關證據都不需要。只要得到過去他曾犯過罪行的追加陳述，調查就結束了。

但是隨著他恢復意識，完美的情況發生了逆轉。金賢恢復意識之後，不知道自己為什麼會在醫院裡，甚至連自己的年紀、姓名都不記得。雖然診斷有輕微的腦震盪，但令人難以相信會呈現這樣的結果。

調查小組無法相信金賢喪失記憶，這是當然的，記憶喪失這種事只會出現在電影裡。他們懷疑金賢試圖以精神失常來逃避刑責，所以自導自演一齣失憶的劇碼。但是沒有證據可以證明這個論點。

國立醫院最優秀的醫療團隊進行一連串的精細檢查，但仍無法輕易地做出任何結論，喪失記憶並不像骨折，有明顯可辨識的症狀。雪上加霜的是，調查小組搜索了金賢的住處並在周邊探問調查，也沒能掌握任何與過去連續殺人案件有關的關鍵證據。也就是說，過去案件的證據只能取決於金賢的自白。

主導權來到金賢手上。這樣下去，想讓金賢站上法庭為他所犯下的四起殺人案件接受制裁幾乎是不可能的事。就算以現行犯逮捕的縱火案來起訴金賢，如果在法庭上被判定心神喪失，那麼他就可以逃避刑責，這是一大危機。

吳科長可以做的選擇有限，不是揭穿金賢偽裝喪失記憶，就是要想辦法讓他恢復記憶。最後他選擇的方法是，如果金賢的失億是偽裝，那麼警方就以其人之道還治其人之身，也來演一齣戲騙過金賢，讓他自己來調查自己。吳科長把金賢塑造成「李樹人警監」這一個虛構人物，為了讓他進行調查並順利起訴而製造證據。這是很危險的作法。

站在韓智秀的立場她應該反對吳科長的計畫，但當時她正因金英學失蹤的投書而受到內部監察，最重要的是她對自己的訊問戰略向來非常有自信，讓她沒有理由拒絕吳科長的提議。吳科長選擇韓智秀投入這個計畫，就是因為她的訊問風格，不會與嫌疑人形成心理上的投契關係。吳科長需要一個可以與金賢保持距離並冷靜觀察他的人。

警方高層急切想破案的心情以及輿論對連續殺人魔的憤怒，在金賢傷勢危急的消息曝光後暫時平息。

韓智秀認為自己可以在金賢自我調查的過程中，找出他造假的證據。就算金賢喪失記憶是真的，透過現場鑑證，也可以確認他所犯案件的關鍵證據，而且可以讓他自己承認犯行，她有絕對的自信。

她按照計畫，在與李樹人警監一起進行現場鑑證，掌握了大部分他所犯案件的關鍵線索，都是調查小組之前沒有找到的。

終於，金賢坦承犯下四起連續殺人案，並自述身心健康，已恢復記憶。這對於調查小組來說是一大收穫，但是目前只成功了一半，占優勢的依然是金賢。

她的煩惱也在這裡，他手中還有最後一張牌，只要他下定決心，隨時都可以用心神喪失的理由免除刑責。如果他用了那張牌，韓智秀和吳大英科長將站在法庭上，為他喪失記憶作證，這無疑是一大諷刺。

如果這一切都是金賢事先計劃好的行動，那就沒有辦法推翻。韓智秀唯一能做的，就是像現在這樣維持金賢的自述製造心理上的名目，或者在金賢用最後一張牌之前找到他偽裝的證據。

韓智秀的思緒到這裡被打斷，手機響起，是吳科長。

「妳做的很好。」

「科長，您應該也知道金賢手中還握有什麼牌吧？」

「知道，所以現在要先拿到他畫押的書面陳述紀錄。」

「明天我會去病房找他進行正式訊問，同時也會錄影。」

「韓智秀！」

「是。」

「這一切都多虧了韓警查。」

「……」

「這是非常好的偵訊戰略。」

「現在要維持他的自述才是最重要的。」

「書面陳述紀錄由韓警查親自處理，只有這樣，才能維持金賢自述的心理名分。」

「我知道了。」

「這回絕對不能讓他發現。不過如果金賢自己想起來的話就另當別論。」

「如果金賢察覺到，就能反證他並未失憶。」

「很好，辛苦妳了。」

掛上電話，韓智秀突然一感到陣混亂，到底是誰在欺騙誰?在金賢站上法庭接受判決之前，她必須持續與他心理戰，想到這一點她又喘不過氣了。她加快腳步，現在只想離醫院越遠越好。

15

開發的怪手掃過低矮的房子和褪色的磚瓦，巷弄曲折像老人的背一樣彎得看不見盡頭。龍山警察署前新建的大樓之間，早期就座落在這裡的老屋現在像爛牙一樣稀疏又搖搖欲墜。

越靠近大馬路，新蓋的建築就越多，還有裝潢氣派的汽車代理經銷商，孫志允每次經過櫥窗時都在想，自己那輛發不太動的舊型Sonata，到底什麼時候可以淘汰掉換輛新車？

經過南營站前的十字路口，走到青坡路時，他猶豫要不要打電話給鐘路署重案一組的李俊班長。李俊是孫志允在中央警察學校的同學，他們的共同點是對升官不抱希望，只在重案組裡打轉。

孫志允心想直覺很準的李俊，若接到電話必然會察覺有異，也許不管他問什麼，李俊都會在腦子思忖後才回答。還是自然一點，就像偶然路過順道看看同學一樣，孫志允決定去找他。

又走了約半小時，看到南大門警察署。對於追捕未知的嫌疑人或通緝犯的重案組刑警日常來說，這點距離只是散步而已。孫志允感覺還是有點醉意，於是便快步走了起來。因為風，鼻尖很涼，但背部開始冒汗。

經過乙支路、鍾閣，直到看到曹溪寺為止，孫志允沒有休息馬不停蹄地快步走，昨晚疲憊不堪的身體反而變得舒暢，精神也清醒多了。

他在仁寺洞入口買了咖啡後進入鐘路警察署。重案組在地下一樓。往地下室的樓梯透著寒氣，哪怕是只有一點嫌疑的嫌疑人，也會被這氣氛壓制，坦白自己的罪行。

打開重案一組的門進入，李俊班長猛然從座位上站起來，那股氣勢就像要先拔槍似的。依然健壯的體格，依然比實際年齡還小的長相。

「什麼風把你吹來的，怎麼也沒先通知一聲？」

「今天沒值班，但追蹤嫌疑人追著追著，不知不覺就來到鐘路署附近了。」

孫志允遞上咖啡，李俊接過來喝了一口，然後指了指旁邊的椅子，很自然地。其他組員不知是不是出外勤了，辦公室裡只有李俊一個人。

「所以逮到了嗎？」李俊毫無疑心，眨著眼睛問道。

「還沒，得逮到人才行。」

「簡報一下，我幫你抓人。」

「看你這麼悠閒的樣子，鐘路署很涼是吧。話說這裡應該也沒什麼大案件，上次抓殺人犯是很久以前的事了吧？」孫志允調侃李俊。

「幹嘛這樣講，在這裡光是擦撞事故就算大案件啦，因為車上坐的人都來頭不小啊，如果在鐘路區發生擦撞，如果不是青瓦臺或政府官員，要不就是記者，這裡大企業老闆也很多啊，擦撞事故要是沒有處理好，連署長的腦袋都會飛走。怕了吧？」

李俊的玩笑話逗得孫刑警也呵呵笑。

「李班長，記得韓智秀嗎？」

「是你在追捕的嫌疑人？」

「是首爾廳犯罪行動分析組的刑警。」

「為什麼問我？」

「她曾處理過重案一組的案件。」

李俊沒有回答，默默地喝了口咖啡。感覺他豎起了神經，孫志允有點不知道該怎麼繼續，目光四處游移。

李俊的視線停留在桌上插在筆筒裡的牙刷上。

「漂亮嗎？」過了好一會兒，李俊像開玩笑一樣問道。

孫志允似乎明白了李俊的想法，兩人彷彿回到了耍幼稚的學生時期。「是啊，漂亮。」

李俊笑了，孫志允也跟著笑了。現在開始的問與答只是他們私下閒聊的玩笑。

「當然記得，被人家告說是跟蹤狂那個對吧？堂堂一個刑警被當作跟蹤狂真是驚天動地啊。而且告她的人後臺很硬，所以印象很深，是有名的綜合醫院院長一家。」

「報案的是當事人嗎？」

「不是，是委託律師報的案。這種事在這裡很常見。」

「所以結論是？」

「雖然韓智秀主張自己在調查案件，但因為並非她的轄區，也沒有得到上級的指示或正式申請，所以結論就是跟蹤。當時我們也沒辦法，連署長都站報案人那邊。那一家子本來就不簡單，如果鬧上法庭，那韓智秀應該就被炒了。最後全案以韓智秀刑警從案件中完全退出作為終結。還好對方應該也擔心萬一鬧大被記者知道會很麻煩，所以就同意了。」

「有什麼特別的地方嗎？」

「基本的就這些。現在該你說了，到底是怎樣？」

孫志允可以理解李俊，這事如果惹錯了對象，可是會有好幾個人丟飯碗。但即便如此，也不能放著韓智秀的嫌疑不去調查。

「啊就漂亮啊。」

李俊一付不可思議的表情，孫志允希望就像個玩笑般的結束話題。

「漂亮的是哪一邊？韓警官？還是醫院院長啊？」

「韓警官啊。」

「那倒是。」李俊又喝了口咖啡，他真的很緊張。

「如果你這裡不方便我再另外打聽就好。」

「我好歹也是刑警啊，就算不怎麼光鮮亮麗也不能丟刑警的臉啊。」

「謝了。」

「雖然不知道到底是怎麼回事，不過等事情結束請我喝酒就好。你知道韓智秀跟蹤的對象是誰吧？」

「浴缸裡的新娘一案的丈夫韓基範。因為證據不足而被釋放，後來被 Copycat 殺了。」

「沒錯。他是那個院長的小兒子。不過事實上韓智秀跟蹤的不只有韓基範而已。」

的韓基範。

「她還跟蹤誰？」

「我們也是在對方律師提出告訴後才知道，還把路邊監視器全都調過來查找。」

調查突然朝著無法預測的方向發展。孫志允心想，韓智秀真正想調查的也許不是被釋放的韓基範。

「是誰？」

「院長的二兒子。」

「為什麼？」

「我也不知道。當時韓智秀應該是私下跟蹤二兒子。二兒子本來也不知道，但小兒子從拘留所出來之後，事情變得有點複雜。」

「怎麼說？」

「韓基範在醫院打了自己的二哥，而且被韓智秀看到，之後她就一直試圖跟韓基範接觸。」

「所以對方就控告她跟蹤？」

「是啊，但是提出控告的不是韓基範而是他老爸，也就是院長本人。而且在那次暴力事件後，院長打算把小兒子送出國，只不過在出國前就被殺了。這事就只有我們知道。」

看來院長家裡有什麼不能說的秘密，韓智秀到底察覺到什麼？

「很奇怪啊，嫌疑人韓基範被釋放之前，她就已經在跟蹤二兒子了，但不知為什麼還要跟韓基範接觸？」

「跟蹤二兒子的事外界並不知道，我們在與對方達成共識後，韓智秀的報告立刻被銷毀，所以沒有留下任何紀錄。」

「那家人有沒有什麼故事？很明顯這裡頭一定有鬼啊。」

「你也知道，有什麼故事都得等那邊出了事才能說。現在是銅牆鐵壁。」

「知道了。謝了，你幫了我很大的忙。」

孫志允站起來，李俊能說的大概就到此為止了。李俊送孫志允出來仍極力留他下來吃個飯再走，但孫志允現在腦袋裡很複雜根本就吃不下東西。

他心裡有個疑問，韓智秀抽手之後真的就停止調查了嗎？看她非法侵入金英學的住處，只為了尋找線索不惜把現場弄得一片狼藉的人，應該不會輕易放棄調查。

看來韓智秀是放棄自己想調查的案件，成為 Copycat 的助力者，這是一個合理的假設。但是韓智秀跟蹤的不是被釋放的嫌疑人，而是他的哥哥，這點又讓孫志允很在意。難道她是為了收集小兒子的犯案證據而跟蹤二兒子嗎？或者她認為二兒子才是真正的兇手？條件越多，可以建立的假設也會增加。

但如果韓智秀認為二兒子才是真兇的話，她成為 Copycat 助力者的這個假設就不成立，因為 Copycat 已經把小兒子殺了。

孫志允覺得事情越來越複雜了。

＊　＊　＊

人生在世，沒有人一輩子不說謊，就連還不會說話的幼兒也知道用假哭來爭取自己想要的。

偵訊室中刑警與嫌疑人隔著桌子相對而坐，誰說的謊言比較多？在偵訊室中，嫌疑人說的謊話大多是「不是我做的。我是清白的」。就算有關鍵證據，甚至是有目擊者也一樣。而刑警會說的謊話通常是「我們已經知道是你做的」。就算沒有決定性的證據，甚至只有「疑心」，也一口咬定犯罪。另外還有一個謊話是只有刑警會說的：「我能理解你。」刑警不可能理解犯罪者，那只是為了讓對方認罪而說的謊言罷了。

這是韓智秀剛進警界時，犯罪行動分析組前輩說的話。那位前輩曾問韓智秀，嫌疑人和刑警誰比較愛說謊？韓智秀不記得自己當時怎麼回答，但是她清楚記得前輩的回答。那個前輩是個愛說話的人，話太多對自己通常不利。

在取得金賢的書面陳述紀錄時，誰說的謊言會比較多？

韓智秀走出地鐵站，沿著警察醫院的圍牆往殯儀館方向走去。殯儀館入口處有幾名穿著深色衣服前來弔唁的賓客，彼此點頭問候。她穿過那些賓客進入醫院，這時才想到自己今天也穿了黑色的衣服出門。

搭電梯時，她把黑色外套脫下掛在手臂上，她覺得裡面的白色雪紡衫更適合探病。

「這回絕對不能讓他發現。不過如果金賢自己想起來的話就另當別論。」

韓智秀腦子裡重複著吳大英科長的話，胸口發悶，呼吸急促。電梯內的鏡子裡映照出她的臉，緊張得臉色已經發白了。這樣下去在完成書面陳述之前就會露餡。

電梯門一開，韓智秀立刻先去洗手間，她用冰涼的水潑在臉上，然後仔細補妝。粉餅反覆撲在臉上，再塗上口紅，她的心跳和呼吸慢慢恢復平穩。現在鏡子裡的她像是戴上了濃妝面具，讓她覺得安心。

病房前崔正浩巡警和昨天一樣，以非常放鬆的姿勢看著手機。韓智秀突然產生一種想法：今天的金賢和昨天的金賢會是同一個人嗎？待會要見的是昨天的金賢還是今天的金賢？她無法立即判斷，手臂都起雞皮疙瘩了。

韓智秀煩惱要不要警告崔巡警「金賢已經知道自己就是連續殺人魔」，但想到崔巡警知道後態度一定會不同，那樣會讓金賢緊張，同時也會成為被察覺的風險。

韓智秀微微向崔巡警頷首，然後直接進入病房。

崔巡警站了起來似乎有什麼話想說，但韓智秀沒有理會，現在取得金賢的書面陳述紀錄是最重要的事。

金賢正望向窗外，聽到聲音他轉過頭來。與他四目交接，韓智秀露出練習過的微笑，他的視力似乎恢復很多，眼睛的焦點很明顯。

「一切都還好吧？」

「像地獄一樣。雖說這是過去的我所選擇的地獄。」金賢似乎沒有推翻對過往案件負責的想法。

「您還有沒有想起什麼？」

「可惜什麼都沒有。如果可以想起一丁點兒就好了。」

金賢把手中的紙拿給韓智秀看，那是一張列印出來的孩子的照片。他看起來很迫切。

「會慢慢恢復的。」

金賢沒有回應，只是看著照片中的孩子，他的眼睛瞇了起來，像是用力想看清楚一點，表情就像手裡同時握著地獄和天堂。

韓智秀不知不覺手指開始因緊張而顫抖，在顫抖明顯到被發現之前得先隱藏起來。她扶著病床欄杆坐在椅子上，金賢的視線跟著她。

「妳是來取得正式的書面陳述紀錄對吧？開始吧。」金賢似乎預測到接下來的調查程序，催促著韓智秀。

韓智秀突然感到害怕，自己會不會成為象棋盤上的馬，被他隨心所欲地操控？韓智秀的疑慮再度加深，他真的失去記憶了嗎？

金賢沒有摸索或猶豫的神色，就像一個視力正常的人，邁著明確的步伐走到桌子旁坐下。韓智秀從包包裡拿出筆電與他面對面坐著。「今天只是先進行演練，因為警監的狀態無法對外公開。」

「好，開始吧。」

「首先先確認您的身分，請問您的姓名、身分證字號、居住地、學歷、職業。」

隔著打開的筆電，韓智秀努力觀察金賢，他並未迴避視線，雙手沒有交叉，雙腿也未疊，完全沒有緊張或不安時會表現出來的典型行為，連眨眼的速度也很正常。

「姓名我是知道，但是其它我都不知道了。」

韓智秀把他的身分證字號、居住地址、職業等告訴他，他聽了之後把自己的個人資料背下來。

韓智秀開啟手機的錄音功能，從進行個人身分確認開始錄音。

「你是否於二〇一七年九月，重現二〇一七年六月發生的『浴缸裡的新娘』一案的作案手法，將曾列為重要嫌疑人的韓基範殺害？」

訊問的開始總是從讓嫌疑人正視犯罪事實出發，然後犯罪心理分析師會觀察嫌疑人的反應，要確認他是驚訝還是生氣，隨時調整訊問的戰略。韓智秀仔細觀察金賢的反應。

「是的。」他淡淡地承認，就像回答姓名或住址時一樣平淡。

「你是否於二〇一八年一月，重現二〇一七年十月發生的頂蹺家女高中生在頂樓遭暴毆致死一案的作案手法，將曾列為重要嫌疑人的李政宇殺害？」

「是的。」

李樹人看起來對即將可能接受的制裁既未感到害怕，但也沒有罪惡感。

他的反應讓人在意卻摸不清。

韓智秀在提出下一個問題之前先停頓一下，想讓他著急。

他面無表情地等著她提問，既看不出任何急躁的反應，似乎也無意在腦子裡思考如何為自己辯解。

「你是否於二〇一八年五月，重現二〇一八年四月發生，以失蹤偽裝殺妻的『無屍命案』作案手法，將曾列為重要嫌疑人的死者丈夫金英學殺害？」

「是的。」他一秒都沒有遲疑，簡短的回答。

「你是否於二〇一八年十月，重現二〇一七年三月發生的KTV縱火案的作案手法，將曾列為重要嫌疑人的KTV老闆吳柾泰殺害？」

「我放火把吳柾泰燒死了。」金賢這次的回答明顯摻雜了情感，原本平穩的情緒正在波動，這是進入下一個階段的最佳時機。

下一個問題是詢問他的犯案動機。犯罪心理分析師最好首先提出讓嫌疑人能合理化犯行的適當理由，因為不管犯下如何惡毒的罪行，嫌疑人都需要自我合理化。

金賢的連續殺人犯行從為死去的女兒報復開始，同時還擴大到對警方及司法制度的嘲弄和憤怒。他的連續殺人具有心理上的名分。

「這四起命案，你的犯案動機是什麼？」

「對無能的司法制度感到憤怒。雖說女兒的死成為復仇的最佳契機，但是以連續殺人案來說，往司法無能的方向會更有說服力吧。」

就像在講述別人的事一樣。他陳述的目的是為了不被發現失去記憶，所以雖然不記得犯案動機，但他還是必須給一個像樣的答案。

「您認為所有被殺害的嫌疑人都有罪，是嗎？」

「調查報告上是這樣寫的。」

「您說的調查報告，是指警方的調查報告嗎？」

「是的，因為我的工作是分析首爾警察廳的未結案件，所以有權瀏覽案件的調查報告。」

「但那些人不都是無罪才被釋放的嗎？」

「無罪不是完全沒有罪，只是證明犯罪的證據不足而已。」他的態度堅決，對自己的所作所為絲毫沒有懷疑。

韓智秀決定抓住這個機會再深入，雖然有風險，但是如果他在演戲，必然會有反應。

韓智秀暫停手機的錄音功能。

「不久前接受採訪時說到『浴缸裡的新娘』一案，正在追捕其他嫌疑人，您是不是已經知道在調查中未發現的嫌疑人嗎？」

「那個……」金賢的態度第一次出現動搖，他的眼神彷彿在問韓智秀是不是知道自己當時那樣說的理由。

韓智秀挺直腰桿，冷靜地維持與金賢的距離。

他的視線游移到天花板，看起來好像在整理記憶，不像一個什麼都不記得的人。韓智秀停止打字，雙手交握。

「我不知道。如果有那樣的嫌疑人，調查組應該會知道。」金賢再度直視韓智秀。

「您是否記得自己說過，『死去的妻子被發現赤裸躺在浴缸裡。被害人看到有人進入浴室後，並未馬上離開，顯示彼此應是不尋常的關係』？」

「記得。」

「您認為，除了丈夫之外還有誰具備了『不尋常的關係』？」

金賢又再度沉默，他無意識地搓著桌面的木紋，搓到連碎屑掉下都不知道。

「假設丈夫的哥哥和死在浴缸裡的妻子有婚外情呢？曾有目擊者表示看過死者丈夫的哥哥出入那間屋子，雖然監視器沒拍到，另外死者丈夫韓基範從拘留所裡一出來，就去揍了自己的哥哥，他們家族為了掩蓋這件事費了很大的功夫。你覺得自己是否錯殺了無辜的人？」

韓智秀摧毀了金賢犯案的心理名分。她蹺起腳、雙手交叉放在胸前看著金賢，她發現自己無意識地想放鬆壓力。

金賢長嘆了一口氣，他手裡拿著的照片在晃動。

「如果我殺了無辜的人，那麼罪惡感會比現在大多了。如果再加上真正的犯人正笑著在外頭逍遙，我會更自責。正如我在採訪中說的，Copycat只是瘋魔的連續殺人魔，有缺陷的人用自己的標準判斷並殺害他人本身就是錯誤，現在能做的就是對我犯下的罪行接受應有的懲罰。」

這回換韓智秀長嘆了一口氣，如果他不是在演戲，那麼相信「自己做了正確的事」的心理正當性也會消失。他認定自己就只是個殺人魔。

韓智秀瞥了一眼金賢手中的照片，他的拇指撫摸著照片中女孩的臉。韓智秀心想也許是他真的失去了記憶，現在正為了讓自己接受懲罰而拼命努力。

她還有問題要問，但已經開始覺得疲累了。

金賢目不轉睛地看著她，韓智秀慌張了起來，一時眼神不知該往哪擺。

「我的記憶和妳想的一樣。不要太著急。」

他說道。韓智秀像是被發現了心事而臉紅，幸虧化了濃妝應該看不出來。

16

到底是誰騙了誰？還是誰看穿了誰？

韓智秀本想透過浴缸裡的新娘一案的調查對象是丈夫的哥哥一事，讓金賢動搖，但是他一點都沒受到影響。到底是誰騙了誰，她感到混亂。

韓智秀再次按下手機的錄音鍵。

關於李政宇一案，持續進行形式上的問答。金賢對殺害李政宇時使用的刀和斷掉的刀刃，以現場情況和證據為基礎進行邏輯性的推論，但是金賢卻答不出他是如何拿到李政宇的刀子。這個問題的答案韓智秀無法填補，她決定在進一步查明真相之前先跳過這個問題。

第三件，金英學一案，金賢也用邏輯分析彌補了自己不記得的部分。他的論點很合理，只要沒人知道事件的真相，就不會有什麼大問題。有時他無法回答的部分，就由韓智秀協助補充，逐漸填滿每個問題的空隙，而金賢對自己是連環殺人魔一事更確定了。

「對過去所犯下的罪行，會不會感到後悔？」

金賢沒有立刻回答，他的眼神閃礫。「如果可以回到過去，我希望可以救所有人，包括女兒。」

韓智秀認為這是他的真心話，同時也直覺到危險，怎麼能認為一個殺人魔會有真心？她發現自己不知不覺與他形成投契關係。

她為了擺脫湧現的情感暫時停止打字，挺直腰桿，似乎只有確認維持物理距離，才能確保適當的感情距離。

「後悔嗎？」韓智秀用不高不低的聲音問道。

金賢轉過頭望向窗外。窗外已經變得一片漆黑。他一直都沒有回答。

病房門小心翼翼地打開了，崔巡警不知是不是因為要交接所以確認病房內部。崔巡警一隻手插在鼓鼓的褲子口袋裡，韓智秀不用看也知道在那口袋裡放了什麼。與韓智秀的眼睛一對上，崔巡警立刻把手從口袋裡抽出來敬禮。

「因為太安靜了所以確認一下有沒有狀況，因為差不多要交接了。」

「辛苦了。」韓智秀舉起手，門關上了。

尷尬的沉默持續著。

韓智秀默默地敲打筆電鍵盤，擬定問題。金賢的目光投向韓智秀。

她又再度以機械般的聲音提問。「第四起案件，您為什麼又再次回到火場內？」

金賢縱火後本來已經離開現場，但不知什麼原因又再度回到火場中，以至於失去意識發現。這部分是調查組必須復原的金賢的空白時間。

「最後的殺人必須完成才是連續殺人的結束。」他把空白以邏輯填滿。

不管是不是真的，聽起來就像那麼一回事。現在這點比較重要。

「意思是您為了殺害想逃生的吳柾泰才又回到現場嗎？」

「是的。」

「在放火之後還留在現場附近，是想在某處觀察嗎？」

「我在火場裡面。」

「火剛開始燃燒時，附近便利商店的監視器有拍到你的身影。」

「啊，是我弄錯了。在夢中的我是一直都在火場裡面。」實際經歷的事實和扭曲的謊言交織在一起的夢境讓他更混亂。

「那麼，你是在外面某處觀察是嗎？」

「是的。」

「但是發現了吳柾泰試圖從窗戶逃跑，所以為了確實置他於死地，你又回到火場內，是嗎？」

「是的。」

「你再回到火場後，有沒有發生肢體衝突？」

「跟哪一邊？」他反問道。

「就當有吧。因為除了燒傷，還有輕微的腦震盪和挫傷。」韓智秀用毫無感情的聲音說道。

「好，有發生肢體衝突，在過程中，火勢蔓延到我身上，然後我因為吸入太多濃煙而窒息倒下，接下來的事刑警們應該比我更清楚。」

「好，就照這樣。」韓智秀把筆電蓋上。

金賢的視線已經越過她，看向更遠的地方。

「女兒的屍體……有沒有受到很大的損傷？」他問道。

韓智秀原本要放進包包裡的筆電差點滑落，心臟急劇跳動、手指顫抖。雖然是最不希望他提問的問題，卻也是他不得不問的問題。

她故意放手，讓原本拿著的筆電掉落，筆電擊中她的腳背，現實中的疼痛讓她稍微振作起精神。

韓智秀假裝在確認筆電的狀況，拖延時間。「您剛剛說什麼？」

「我怕損傷太嚴重，讓孩子連在夢裡也不敢出現。」

韓智秀一直沒有抬頭。

他看著用彩色印表機列印出來模糊的照片。

「火……燒毀KTV的一間包廂然後蔓延到走道上。孩子避開了火，但沒能避開濃煙……她是窒息而死的。」

謊話。大火先燒毀了KTV的一間包廂，瞬間就蔓延到整個地下室，孩子被發現時已燒到只剩下骨頭而已。

「還好……不然我現在這付德性……」他的笑容因從臉到脖子的傷痕而扭曲。

韓智秀的手還在抖，她把手塞到大腿下掩飾，心想自己的行為被他看得一清二楚，額頭上冒出冷汗。

「妳看起來不太舒服，今天就先到這裡吧。」

「明天我會再過來的。」韓智秀起身，雖然兩腿發軟，但還是努力邁出步伐。剛才被筆電砸到的腳背陣陣刺痛，就像電流通過一樣，當她再次邁步時，金賢開口：「妳問我會不會後悔？我不後悔，因為女兒再也不會回來了，所以不後悔。」

他似乎不想推翻自己的陳述，他認為替女兒報了仇，剩下的人生課題也結束了。

「我懂。」韓智秀回答。她左右為難，這樣靜靜地站著實在太痛苦了，很想趕快離開病房。

「還有……謝謝妳，沒有告訴我實話。」

韓智秀雙膝無力幾乎要站不住了。

他察覺到什麼程度了？韓智秀沒有勇氣轉過身面對他。

「謝謝妳說孩子沒有傷得太嚴重。如果據實以告，我一定會在腦海裡不斷想像那個畫面，因為地獄之門已經打開了。」

韓智秀走出病房，剛交接完值晚班的徐巡警站起來向她敬了個禮。

韓智秀舉起手回禮，然後迅速離開。這才安心地鬆了一口氣，金賢始終沒有察覺她真正的謊言。

成為連續殺人魔的犯罪心理學教授，並沒有一個在火災中喪生的女兒。只有這一點，她確信是真的騙了他。

＊　＊　＊

他做了個夢。

與上次做過的夢很類似，只是這一次在夢中他也知道自己在做夢。這是叫清醒夢（Lucid dream）嗎？

在夢中有人抓住著了火的吳柾泰，把他推倒在地，然後跨坐在吳柾泰身上用兩手壓住他。李樹人在夢裡大聲喊叫，正壓住吳柾泰胸口的男人看到了他。他看到那個男人笑了，露出一口白牙。

夢裡的他也覺得不尋常，壓住吳柾泰的人應該是自己才對，怎麼會是另一個男人？李樹人心想也許是自己潛意識希望看到的景像扭曲了夢裡的事實。那個男人消失了，李樹人衝上前去，把毯子蓋在全身著火的吳柾泰身上。

雖然是在夢裡，但他對自己居然會去救害死女兒的吳柾泰感到無法理解。失去了記憶，難道憎恨和復仇的心也會消失嗎？

李樹人認為自己之所以反覆做同樣的夢，或許是還留有想救吳柾泰的心。但是，為什麼？

睜開眼睛，因為做了清醒夢的關係，就算睜開眼睛也一時無法分清是夢境還是現實。

案發現場就像在眼前一樣，記憶猶新。但是仔細想想夢的內容，又覺得那不是記憶，像是故障的大腦製造的假象。李樹人在腦海中反覆回想能夠證明現在的自己的事實。

我的名字叫金賢。是犯罪心理學教授。

為了替女兒報仇而殺了四個人。

雖然知道殺了人，但是卻什麼都想不起來，所以沒有罪惡感。就跟心理變態（Psychopath）沒有兩樣。

我是首爾警察廳犯罪分析諮詢委員。

我不是李樹人警監。

我只是一個連續殺人魔。

我是金賢。

我不是李樹人警監，只是個囚犯。

他不斷在腦海中重複關於自己的資訊，只有這樣才能認清現在的狀況，認清自己是誰。

所以我是金賢。

金賢看著窗外，天空上盪漾著一團黑點。他揉了揉眼睛，那團黑點不像昨天看起來像打馬賽克一樣模糊，今天彷彿就在眼前。

剛開始他以為是蟲子，揮揮手想趕走，但是一點用也沒有，而且現在黑點的數量明顯越來越多。天空上那一團盪漾的黑點畫成一道弧線移動著。是鳥。他這才驚覺他的視力已經恢復到可以辨識出遠方天空的鳥群了。

金賢舉起手中的照片。孩子臉上閃著幾個黑點，他瞇起眼再睜開，那些點幾乎都不見了，看到孩子羞澀的笑容。一整天都握在手中，照片的邊角都已經磨損了，只要一閉上眼，孩子的模樣就像條件反射一樣浮現在腦海中。

孩子有著捲捲的短瀏海，蓋住了額頭，沒有雙眼皮的大眼睛和圖圖的鼻頭，臉看起來好很稚嫩，非常可愛。

金賢一直看著孩子露出若隱若現笑容的嘴，覺得很面熟。即使失去記憶，一想到女兒的臉並沒有完全從他的大腦中刪除，心裡似乎釋懷了些。

這張照片是誰拍的？他看著孩子在遊樂園度過愉快時光的認證照，心想如果一起去的人是自己就好了。他希望自己是如此溫柔的爸爸。

身後傳來病房門開啟的聲音，韓智秀來了。

「今天還好嗎？」她打了聲招呼，露出笑容。

金賢認為她的話多半是有雙重意義的，現在的招呼也是如此。雖然只是單純的問候，但在他聽起來像是「現在才知道自己不是追捕犯人的警察，而是連續殺人魔，你還撐得下去嗎？」的意思。

韓智秀的笑容有點不自然，眼口鼻很清晰，是很有魅力的外貌。幾個黑點在她周圍閃爍，冷酷的感覺使她看起來更神祕。

「今天要進行正式偵訊取得書面陳述紀錄，同時也會錄影。」

「那我應該要換衣服吧。」

在韓警查架起三角架設置錄影機時，他拉起病床邊的圍簾換衣服，是不久前接受採訪時穿的那套西裝。

「先確認身分。姓名。」

「金賢。」

韓警查打開筆電邊問邊記錄，與昨天同樣的順序，接著問身分證字號、地址、職業。

李樹人把昨天背下來關於自己的數據流暢地回答。

「你是否於二〇一七年九月，重現二〇一七年六月發生的『浴缸裡的新娘』一案的作案手法，將曾列為重要嫌疑人的韓基範殺害？」

「是的。」

提問與回答全都與昨天預演的一模一樣，不同的是這回有攝影機全程錄影，同時兩人格外公事化的問與答。像按照編好的劇本一樣快速進行。對於四起命案犯行的提問接連而來，一切都和昨天一樣。

韓智秀接著問到犯案動機，金賢照著昨天練習的回答，是對無能的司法制度感到憤怒。去掉了為女兒報仇的部分，以免在移交檢察機關接受調查時，可能會針對女兒的部分進一步提問。

金賢回答時，也盡量把可能被發現自己失去記憶的個人因素排除。韓智秀很快便理解他的回答與昨天有點出入的原因，她沒有追問。攝影機繼續錄影中。兩人的問與答明確、簡短，太陽還沒移動到長方形窗戶的中間，就結束了四起命案大框架的陳述。比昨天的速度快多了。

接下來韓智秀對每起案件提出細部問題，出現了一些與昨不同的問題和答案。

第一起案件，浴缸裡的新娘一案中，刪除了韓基範的哥哥的部分。金賢的回答和其他案件一樣，以殺害最重要嫌疑人結束。

第二起案件，也就是陳屍自宅的李政宇命案，事後在案發現場的木地板縫隙中發現了斷裂的刀尖。刀尖上檢驗出李政宇的DNA與在頂樓死亡的女高中生的DNA。斷裂的刀具恢復證據力，與折斷的刀尖一起被採納成為決定性的證據。

第三起案件，殺害金英學分屍並棄屍一案，與昨天的問題沒有太大的差異，順利結束了。

第四起案件，吳柾泰縱火死亡案，因為出現了目擊者，目擊到金賢越過看熱鬧的人們又再進入火場，因此增加了不可否認的證據。

金賢心想，即使自己否認犯罪，但現在光憑這份紀錄就難逃法網了，韓智秀警官真的非常能幹。金賢對這樣的韓警官感到很信賴。

病房內，打字的聲音比兩人說話的聲音還多。

韓智秀隔著筆電看著金賢。「最後還有什麼話想說嗎？」

「沒有了。」

韓智秀並未像昨天一樣，問他會不會後悔。即使問了，也無法填滿空白。

「前面所作的陳述是否為本人在沒有任何壓力及不當脅迫的情況下，憑自由意志的回答？」

「是的。」

韓智秀關掉攝影機。「我去列印。」

韓智秀走出病房，金賢將背筆直的靠在椅子上。結束了。

他看著一直握在手中沒有放開的照片，照片裡孩子的笑容帶給他安慰。金賢在韓智秀列印出來的書面陳述紀錄上蓋了指印，並依照指示在上面親筆簽名，雖然他看不清字。

書面紀錄的一頁頁騎縫處也都蓋上他紅色的指印。每蓋一個指印，就代表他的犯行一一得到證明。

這份書面紀錄將在法庭上被採納為完整的證據。結束所有程序後他才真正感受到自己就是Copycat。

韓智秀將書面紀錄和筆電一起收好放進包包裡。

「……結束了。」

「辛苦了。因為是韓警官所以值得信賴。」

「您休息吧，過不久會有人來接您。」

「我知道了。」

韓智秀淡然地打開病房門走出去。金賢連衣服都沒換，只是一直望向窗外，遠方黑色的點化成一道弧線飛翔著。

＊＊＊

Copycat的書面陳述紀錄的複本傳到龍山署，孫志允連一個字都沒有錯過，仔細確認內容，因為金英學一案就在自己的管轄範圍內，因此必須對犯罪事實進行具體確認。警方的調查記錄和嫌疑人的陳述只要有一點點出入，在法庭上就會被抓住尾巴。

孫志允一行一行細看陳述紀錄，與金英學一案的調查記錄進行比對，一一確認日期和時間。這份陳述紀錄寫得非常嚴謹。

金賢對所有問題都具體並且明確地回答，包括許多細節及到目前為止還在調查中未查明的部分，充分足以證明就是他直接犯下罪行。照這樣看來，金賢在法庭上根本就不可能脫身。

孫志允拿出香菸叼著嘴裡，又把陳述紀錄從頭再看一遍。略過日期等太細節的部分，整體瀏覽一遍。

突然，孫志允對韓智秀和金賢在陳述紀錄中的問答，有一種默契絕佳的感覺。他所遇過的罪犯，沒有一個不在陳述時拚命試圖縮小罪行範圍，為自己製造有利情勢。就算縮小罪行對量刑也不會有太大影響，但他們還是會出於本能為自己辯解。然而金賢不一樣。他積極承認罪行，就連沒有證據不說也可以的部分也自行招認。在他的陳述紀錄中，完全找不到一句「我不記得了」。所有行動都有理由、有計畫。甚至在縱火現場昏迷不醒被救出後，他還能說自己昏倒前用毯子蓋住試圖逃生的吳柾泰。

一般的殺人案的陳述記錄中，嫌疑人為了強調是非預謀、偶發性犯罪，經常會出現「一轉眼」或「回過神一看，才發現有人死了」這樣的內容，但在金賢的陳述裡完全沒有這類句子。從陳述記錄上來看，金賢甚至像急於接受處罰的人。難不成這是為了保護助力者而自我犧牲嗎？

孫志允的懷疑一直在韓智秀身上徘徊。

孫志允特別仔細看了關於浴缸裡的新娘一案的問的答。若依照他自己調查到的，韓智秀認為真兇不是被殺死的韓基範，而是另有其人，但是在陳述紀錄中完全沒有提到這一點，韓智秀是可以向金賢確認的，但她卻沒有，實在很奇怪。

在第二起案件中也有不尋常的地方。金賢表示，自己是用事先準備好的刀殺了李政宇，並故意遺棄在現場。但調閱監視器結果顯示，刀是李政宇購買的，而且在斷裂的刀尖上發現了李正宇和在頂樓死亡的女高中生的ＤＮＡ。李政宇在頂樓威脅女高中生時使用的刀，金賢是如何在侵入李的住處之前拿到手的呢？更奇怪的是，從邏輯上來看完全不合理的這個漏洞，韓智秀並未追究。

他們兩人好像約好了一樣，跳過這個部分。就算金賢拒絕回答，但韓智秀連問都沒問實在不合理。

第四起案件，縱火殺人案，在文句脈絡上沒有奇怪之處。將捲筒衛生紙當作縱火的媒介，偽裝成一般失火，這是在調查中無法得知的內容。但是起火之後已離開現場的金賢，為何又越過圍觀的民眾進入火場？這一點無法理解。

根據金賢的陳述，他是為了在火完全蔓延開之前，將試圖逃脫的吳柾泰殺死，所以才會再進入火場。但是他怎麼會知道吳柾泰正要逃出？金賢的陳述感覺無懈可擊卻又疑點重重，孫志允身為刑警的直覺來了。

「孫警官，沒什麼特別的吧？」孫志允抬起頭，是組長。

「你幹嘛看那麼久啊，反正又不算我們的業績。」

「但有一件是我們這組的未結案件啊，還是得確認一下內容才行。」

「所以咧？」

「金英學的案子跟我們的調查紀錄一致，金賢的陳述並沒有矛盾的地方，看來是沒什麼問題。」

「看吧，人家首爾聽出馬當然有二下子啊。出去喝一杯吧。」

「下次吧，我要去個地方。」

「好地方？」

「我先去看看，挖到東西再向組長報告。」

組長咂了咂嘴。孫志允從儲物櫃裡拿出替換的內衣，他的儲物櫃裡一年四季都掛著衣服，就像大部分刑警一樣。

17

吳大英科長看過韓智秀打的陳述紀錄後感到非常滿意。

金賢不愧是擔任犯罪分析諮詢委員的教授，對於問題的意圖很快就掌握，並配合回答。在陳述紀錄中找不到會洩露他失去記憶的問與答，吳大英有一種漫長的調查終於要結束的安心感。

如果爛攤子 Copycat 連續殺人案能就此告終，那麼他也將走上嶄新的道路。首爾廳長想把刑事組的頭頭吳大英科長拉到自己這一邊，如果這次人事調動他順利升為警察總廳長的話，他會把吳大英帶到本廳去。

在本廳，每天都會收到來自全國各地發生的重大案件調查紀錄，他可以指揮及解決的案件也會大大增加。吳大英光是用想像的，就感覺有一股電流從腳竄到頭頂的亢奮。

吳大英將金賢的陳述紀錄放進抽屜並上鎖。晚上九點，現在下班有點太早，他決定到重案組去轉一轉，到現在調查報告還沒上傳，看來今天逮捕的吸毒死亡一案的嫌疑人很難纏。從安全梯走下一層樓，進入重案組辦公室，值班的三組組長立刻站起來敬禮。

「一組還在訊問嗎？」

「那個藥頭很難纏，看來有點辛苦。」

「在偵訊錄影室裡？」

「是。」

吳大英走出重案組，往偵訊錄影室走去。

首爾廳內有三間偵訊錄影室，一組的人都聚集在第二間偵訊錄影室內。他開門走進去，一組組長看到馬上立正敬禮。

「非常抱歉，因為目前還未取得決定性的內容所以還未上傳報告。」

單向透視玻璃的另一邊，嫌疑人與一組的徐班長隔著桌子面對面對峙。

徐班長的身體稍微向前傾，而嫌疑人身體並沒有向後靠；徐班長用犀利的眼神盯著看，但對面的嫌疑人笑嘻嘻的。吳大英一看就知道，嫌疑人已經發現徐班長沒有客觀證據。

「那傢伙堅稱自己只是按要求給藥而已，被害人一次大量投藥致死不是自己的責任。」

「注射器上有採到指紋嗎？」

「沒有，但是也沒有被害人的指紋。從情況上來看，確實是那個傢伙幫忙打針的沒錯，應該八九不離十。」

「是吧。連被害人的指紋都沒有，意思就是故意把注射器上的指紋全都擦掉了。」

「但就是缺乏決定性的一擊。」

「動機呢？」

「被害人是同居女友，好像偷了嫌疑人的毒品。我們側面了解，被害人在其他地區的俱樂部賣藥時出了問題。」

「所以就被殺了？」

「推測是這樣。」

偵訊室裡，徐班長突然站起來，兇狠地靠近嫌疑人，好像要動用武力似的。嫌疑人毫無反應，抬頭用失焦的眼睛看著他。事實上，即使在注射器上發現了嫌疑人的指紋，也很難證明殺人的故意性，最多也就是過失致死。

「你們先去吃飯吧。我會在這裡看著。」

「我們沒關係。」

「說不定他吃好警察那一套啊。」

一組組長聽了馬上就懂吳大英的意思。重案組在偵訊時，常分成壓迫嫌疑人的壞警察和從情感下手的好警察，而且大部分嫌疑人都會向理解自己的好警察坦白犯罪事實。

一組組長把氣喘吁吁的徐班長叫了出來，然後帶著徐班長和疲憊的組員離開。

偵訊錄影室裡一片寂靜。

吳大英仍站在偵訊錄影室內，只是盯著嫌疑人看。康俊成，是那傢伙的名字。吳大英等著康俊成變得焦躁、不耐煩。

經過二十幾分鐘，康俊成看向單向透視玻璃，露出微笑，似乎在虛張聲勢說自己這次也能逃出去。

吳大英先關了錄影機，接著走進偵訊室。康俊成毫不在意有人走進來，只是看著自己的手。

「喂，康俊成。」

康俊成抬起頭，用迷朦的視線看了看吳大英。然後又低下了頭。

「機率是這樣的，扔了九十九次硬幣，全都是正面，那麼最後一次，也就是第一百次，你會選哪一面？正面？還是反面？你能把握嗎？」

康俊成驚訝地看著吳大英。

「一直都出現正面，那這次應該也是正面吧？」

「……」

「二〇一五年，Rolling Soul 俱樂部性侵加傷害；二〇一六年 Barney Barney 俱樂部販毒；二〇一七年同居女友失蹤；二〇一八年終於殺人了。這些都是你被列為嫌疑人的案件。」

康俊成的眼神動搖了。

「我什麼都不知道。」

「就算你什麼都不知道但是我知道，因為我已經盯你很久了。每次扔硬幣都猜對，那這次你想賭哪一面？是正面？還是反面？」

「……」

「我會選正面。」

康俊成聽了一臉驚訝的看著吳大英。

「因為我會放你出去。」

吳大英露出笑容，康俊成仍是一副不敢置信的表情。

「我喜歡那樣，這世上有太多像垃圾一樣該死的傢伙。」

「……」康俊成避開吳大英的視線，低頭看著自己的手。

「你一旦被釋放，不久又會有人因注射過量毒品致死，就跟被你殺死的那些人一樣。」

康俊成盯著吳大英，目光變得炯炯有神。

「警察可以這樣威脅無辜老百姓嗎？」

「你從獲釋那一刻起，沒有毒品你一刻也撐不住、會感到極度不安，不安得要發瘋了。到時候有人會去找你。」

康俊成的臉變得慘白。「……誰會來找我？」

「Copycat。」

「我還以為是誰咧，我也是有看新聞的好嗎？Copycat已經被抓到了，這全國沒有人不知道吧。」

「你以為只有一個Copycat嗎？你確定他是自己一個人犯案的？我一定會把你放了，所以你等著吧。」吳大英走出偵訊室，單向透視玻璃另一邊的康俊成，像毒癮發作的毒蟲一樣用雙臂環抱住身體蜷縮著。

吳大英手插口袋擺弄裡面的硬幣，就像什麼事都沒有發生一樣。

＊　＊　＊

孫志允發動自己那輛老舊的Sonata，但鑰匙轉動了好幾次，都只是發出如咳痰般的聲音，車子還是發不動，老舊的電瓶是大問題啊。孫志允又轉動了幾次鑰匙，正要放棄的時候，車子終於發動了。

孫志允駛離龍山署前往首爾廳，如果他想得沒有錯，說不定就可以抓住Copycat的助力者。

孫志允在金賢的陳述紀錄中找到線索，就在李政宇一案中。

金賢表示他一進入李政宇的家，就用預先準備好的刀刺傷李政宇。從現場噴濺的血跡和足印方向來看，符合金賢的陳述。但是金賢使用的刀，正是李政宇購買，用來威脅女高中生的刀具。斷裂的刀尖驗出李廷雨和女高中生的DNA，證明他的陳述。從表面上看是配合得很好的問與答。

孫志允懷疑金賢是怎麼拿到刀的，還有韓智秀為什麼沒有再追問金賢的取得途徑？他無法接受像韓智秀那樣資歷的老將會犯這種錯。分明是故意的。孫志允認為韓智秀之所以沒有追問，是為了隱瞞金賢的助力者的存在。

車子經過首爾站到達西大門後，孫去允猛力轉動方向盤將車子迴轉，馬上就能看到首爾廳了。

孫志允在金賢的陳述中還發現一個疑點，案發當天金賢來到李政宇家門前那一刻。韓智秀問金賢為何李政宇會毫無防備地打開門？金賢說他自稱是警察，為返還扣押物品而來，騙李政宇開門。

金賢的陳述非常具體，所以他會不會真的是去返還扣押品，而且就是那把刀？金賢知道李政宇就是那把刀的主人？

孫志允合理的懷疑內部助力者將被警察沒收的刀偷走交給金賢，而懷疑的箭頭指向韓智秀。孫志允心想應該可以在首爾廳找到答案。

他把車子駛入首爾廳停車場停妥後，立刻就到三樓的科學搜查股。稀稀落落有很多空位，看來在首爾某處又發生了重大案件。幸好沒看到韓智秀。

孫志允想確認證物保管室的目錄。若能查看頂樓暴力致死的女高中生一案，科搜組所收集的證物目錄，應該可以找出什麼。

雖然人已經到了科學搜查股，但是要看目錄可沒那麼容易。不是他的案件，光是憑一份疑心就去向科搜股長請求確認目錄是不可能的，而且科搜股長也不可能完全免除嫌疑。

孫志允瀏覽了手機裡儲存的號碼，首爾廳現場鑑證組李元福警衛，他應該是可以拜託的人。李警衛曾出動參與過龍山署好幾個案件，對妨礙現場鑑證的人，就算是署長也一律會驅離，是個一板一眼但很正直的人。如果是他，應該不會顧慮別人眼色，會給予幫助。

電話才剛撥通，對方就接了起來。

「喔，孫警官？有什麼事嗎？有案子？」

「不是，那個……其實我現在人在首爾廳科搜股裡。」

越過辦公室隔板看到李警衛站起來揮手，孫志允掛上電話去到李警衛的座位。

「看來不是順道過來的。」

「我有事想請教……」

孫志允話音剛落，眼尖的李警衛就指著會議室。科搜組的會議室有著大片的落地玻璃，裡外看得清清楚楚。

「到底是什麼事？看你還特地親自跑來，一定是重要案件吧？」

「被金賢殺害的李政宇一案，有一些需要確認。」

「書面陳述紀錄都畫押了，案子也差不多可以結了，還有什麼要確認？」

孫志允向李警衛說明自己對殺害李政宇的刀子存有疑點，但並未說出他對韓智秀的懷疑。李警衛點點頭，他也看過金賢的陳述紀錄，馬上就理解了。他面色凝重。

「我想是應該先確認證據目錄，你先等一下。」

孫志允的目光追逐著離開會議室的李警衛，心想雖然拜託他幫忙，但他也不能完全擺脫嫌疑。

李警衛去向科搜股長說了幾句話，從櫃子裡拿了一堆文件回來，看著孫志允說道：「如果是我參與的案件就簡單了，但若是其他人的案子，就必須向股長報告。」他把文件夾放到桌上。

「沒有電腦檔案嗎？」

「如果在現場被歸類為有效證據，會登錄在 SCAS 裡頭，否則就只是垃圾，所以只留在現場紀錄文件上。」

孫刑警翻開一個文件夾，按日期整理的證據目錄上標明案件名稱和經手人，下面羅列著沒完沒了品項和場所。

光菸頭就有二百多個品牌，還有硬幣、湯匙、收據、打火機、燒酒瓶、銅線、磚頭等雜物琳瑯滿目。

「美其名是科學搜查，但實際上跟苦力活沒二樣。」

「刑警幹的才是真正的苦力活啊。」

兩人尷尬地笑了。

孫志允瀏覽了幾個文件，正如李警衛所說，越是暴力事件，沒有直接證據，在現場收集的證物就越多。

「這是二〇一七年十月各個小組保管的紀錄，總之先查一下吧。」

孫刑警和李警衛逐一確認，確認過的文件就先堆在會議桌的一側。

「應該是這個。」李警衛把文件遞給孫志允，日期和地點就是頂樓女高中生命案沒錯。

「當時現場鑑證是二組負責的。」

孫志允用手指順著證物目錄往下看，那個頂樓是離家出走的孩子們經常聚集的場所，所以收集到許多菸頭和酒瓶，就算只是一掃而過，仍有數十張目錄。

再加上女高中生血液中的酒精濃度幾乎是爛醉的程度，從酒瓶上提取的ＤＮＡ樣本也相當多，還有菸頭也是，都委託進行ＤＮＡ鑑定。

孫志允繼續查看目錄，超過數十張，才開始出現飲料罐、內衣、襪子等其他物品，但是直到最後都沒看到刀子。

「看來是我猜錯了。」孫志允感到茫然，雖然還是覺得奇怪，但也無法再確認。

李警衛又遞過來另一個文件。「這是在現場建築周圍收集到的證物目錄。」

孫志允打開目錄，果然又是菸頭、咖啡杯、吸管、衣服等接連不斷，孫志允有點急躁地翻了幾頁，終於在目錄中間發現了「刀」的字樣。被發現的地點是建築物後面的花壇。

「果然，有紀錄顯示現場收取了一把刀，但是事後處置的欄位是空白的，也沒有進行DNA分析。」

「因為女高中生致死的原因是被暴力毆打，而且沒有自殘，所以才沒將這把刀視為犯具吧，而是被歸為與案件沒有直接關係的物品。」

「現在可以確認刀子嗎？」

「如果沒有廢棄就可以，跟我來吧。」

孫志允跟著李警衛默默走出會議室，前往證物保管室。如果證物保管室裡沒有那把刀，兩人都知道那意味著什麼。證物保管室出入是有管制的，全都會登記，至少在形式上是如此。

李警衛用自己的識別證打開證物保管室大門，帶著孫志允進入。證物保管室內照明昏暗，以恆溫恆溼完美地保管證物。容易腐壞的證物，則單獨保管在牆邊的冰箱或冷凍櫃裡。李警衛根據證物目錄上登記的C1005-218號層架拿出一個箱子打開，味道和打開垃圾袋時差不多。

「這是未結案件，案發時間還不算太久，所以還沒有廢棄。通常與案件沒有直接關聯的東西，過了一定的時間就會直接廢棄。」

孫志允拿出個別包裝好的證物逐一查看，但直到箱子全掏空了，還是沒看到刀子。孫志允看了看李警衛，兩人都沒有說話。

「我必須向股長報告。」李警衛先打破沉默。

「在報告之前，先確認進入證物保管箱的人員名單……」

李警衛搖了搖頭。「你也知道，這裡雖然有管制，但進出的人真的不少。就我來說，去現場鑑證回來，至少都會出入一次，僅憑出入名單是無法知道被是誰盜走的。」

「……這樣啊。」

孫志允環顧四周，在頭上發現了監視攝影機。「那個說不定可以查到，因為這裡頭監視器影像的保存時間應該很長。」

李警衛的手機響了。「有案件。光聽鈴聲就知道。」

孫志允點點頭。雖然無法解釋，但是老刑警們僅憑鈴聲就能像鬼一樣區分出是有案件而打來的電話。

「看來你得出動了。」

「之前沒遇過這種情況，真不知道該怎麼幫你。」

「正式向科搜股長報告，調監視器畫面來看。」

李警衛點點頭，私下的協助就只能到此為止了。兩人走出證物保管室，孫志允目送李警衛跑回辦公室。

為了確認證物保管室的監視器畫面，孫志允必須取得幾個階段的許可。

無論經過幾個階段，需要多長時間，這件事都要在這裡結束，因為機會只有現在，包括韓智秀在內，可以出入證物保管室的科學搜查股要員都有嫌疑。另外包括科搜股長、科長，甚至再往上的層鋒，都不會有人希望孫志允的推測是真的。

如果推測被證實了，可以預料他們的前途都會毀於一旦，所以他們都有刪除影像的動機。

孫刑警雖然很想抽菸，但他還是忍了下來，寸步不離等候消息。

科搜股長往上經過包括科長在內的層層報告，最後終於交出監視器資料。看得出來非常不高興。

「這可是好說歹說才同意讓你看的，但是不能複製，當然也不能帶走，你只能在這裡看。」

話說得嚴謹，但和不給看的意思差不多。要想確認監視器影像，就需要花與錄製相同長度的時間。一個小時的錄製分量，確認也要花上一個小時。

在調查影片的過程中用快轉是很不聰明的作法，因為可能會因此而錯過那零點一秒的關鍵畫面。因此一般調閱監視器畫面時，都會投入多名警力分批確認。在無法確定可能盜取刀具時間的情況下，一個人獨立確認影片，無異是要逼人放棄。

「我知道了。」孫志允身為刑警的自尊不容就此退縮，即使科搜股長的眼神冷冰冰的。

孫志允坐在科學搜查股辦公室的角落，先確認監視錄影檔案的狀態，看看有無被刪除的部分，看來從那把刀列入保管開始的資料都還在。

大約有三個月的量，影片檔都正常保存著。

孫志允以李政宇被殺害的二〇一八年一月為準，將證物保管室的監視影片倒轉。空蕩蕩的證物保管室像靜止的畫面一樣，答案始終沒有出現。即使運氣再好，一個人要看完所有影片起碼要好幾個禮拜。

孫志允決定以十倍速快轉，自己必須抓住在十倍速移動中偷走刀具的關鍵瞬間，要是一分心，金賢的助力者就會在影片中以十倍速逃跑。

一個小時、一個小時、又一個小時過去。證物保管室來來去去了好多人，但沒有人去碰李政宇一案的證物箱。

幾名科搜股的要員對正在確認影片的孫志允表現出不友好的關心，但隨即又去忙各自的工作，他的存在很快就被遺忘。

又經過幾個小時，除了輪值的小組之外，科搜股其他人都下班了。孫志允盯著螢幕眼珠子像快要掉了，眼睛酸澀到流淚，但他沒有離開，把咖啡當水喝。凌晨三點多，體力已達到極限，他暫停播放閉上了眼睛。

「還在確認監視畫面啊？」

突如其來的聲音讓孫志允嚇了一跳，他不小心睡著了。睜開眼，是吳大英科長。孫志允反射性地一躍而起。

「沒關係，你就坐著吧，有發現什麼嗎？」

「目前為止還沒有。」

「我有收到報告，我當然覺得要給你看，但因為這是科搜股的地盤，我也不好太明目張膽地幫你。不好意思啊。」

「別這麼說。」

「休息一下吧。等天亮之後，我就算被罵到臭頭也會調幾個刑事組的人過來幫你。」

吳科長拿出一瓶機能飲料。「把這個喝了，先回車上去瞇一下吧。」

「不用，我沒關……」孫志允接過吳大英遞來的飲料，突然神經像被扯了一下。

回車上？他怎麼知道我開車過來？孫志允一時有點神志不清。

目送吳大英科長走出科搜股，孫志允看了看時鐘，凌晨三點四十分，一個不管是下班或上班都很尷尬的時間。他轉開機能飲料的瓶蓋，感覺蓋子有些鬆動。是自己太敏感了嗎？

他猶豫了一會兒，把飲料的蓋子又蓋回去，然後一口氣喝掉自己那杯早已冷掉的咖啡。

孫志允繼續看影片，或許真的是累了，眼皮很沉。他目不轉睛地看著螢幕，終於發現了，畫面中的男子正從 C1005-28 層架上拿出證物箱，並且在翻找什麼。

雖然監視器沒有拍到那人的臉，但孫志允認得出來是誰。不是CSI科搜股的服裝，也不是一般勤務服。那人的著裝與其他人不同，他穿著西服。

孫志允記下了日期和時間，不知怎麼的寫出來的字歪歪曲曲，他像畫畫一樣，把數字畫得很大。

然後他拿出手機拍攝螢幕上的畫面，因為手抖，所以只好把椅子拿來當三腳架一樣托著手機才能正常拍攝。他心想萬一原始檔案受損，他還有備份。

孫志允快步走出科搜股，就好像深怕有人會跟上來勒住他的脖子似的。他立刻打電話給韓智秀，既然確認了她不是助力者，就應該盡快把確認的畫面內容告訴她。可能是因為崩緊神經專注盯了十多個小時的螢幕，他現在頭昏腦脹，沉沉的睡意不斷襲來。

電話響了好幾聲她才接起來，是還沒睡醒的聲音。

「孫警官？有什麼事嗎？」

「有很急的事情，我覺得必須把我確認到的事立刻告訴妳。」

「什麼事？」

「與金賢有關。我們見面再談。我還有別的要向妳確認。妳現在人在哪裡？」

「家裡，在上水洞。」

「好，我到了上水洞再打電話給妳。我現在從首爾廳出發過去大概二十分鐘到。」

孫志允一走出首爾廳大樓就拿出香菸叼在嘴裡。沒有時間點火，他立刻坐上停放在停車場的Sonata，發動引擎，但他把鑰匙轉了好幾次都無法發動車子。

一抬頭，有人正朝著車子走來。天色還一片漆黑，遠遠地認不出是誰。

那個人毫不猶豫接近，現在距離已不到二十步了。那人走進昏暗的路燈下，看出來他穿著西裝。孫志允急忙轉動鑰匙，但車子依然沒有啟動。老舊的電瓶是最大問題。

孫志允突然頭暈目眩，一下子就往後倒了。車子明明還沒發動，他卻感覺晃得像暈車一樣。不，睡意襲來，意識像被無法抗拒的力量強行關上。

孫志允現在連睜開眼睛都做不到，他不由自主整個人靠在椅子上，叼在嘴裡的菸掉腳踏板上，無論如何都要堅持下去的意志力正在做最後掙扎。突然他明白了，問題不在那瓶他沒喝的機能飲料，而是冷掉的咖啡。

孫志允勉強眨著睜不開的眼睛，將手機中儲存的影像傳送給韓智秀，傳送完畢的信息一出現，就刪除了傳送記錄。

眼前有一個穿著西服的男人，是吳大英科長。孫志允用最後的力氣轉動車鑰匙，但車子仍未啟動。好不容易睜開的眼皮現在完全閉合，他聽到手機掉在副駕駛座椅上的聲音。

吳大英科長打開後座車門坐了進來。孫志允腦中最後想的，是再過幾個小時就天亮了。過了一會兒，後座冒出嗆人的濃煙。

18

韓智秀不自覺呼吸急促。

房間的床、椅子和衣櫃突然變得不現實，好像壓在她的身上一樣。這都是因為孫志允突然在凌晨打來的電話。他說有事情要確認，要求馬上見面，用帶著令人不安和焦急的聲音。

韓智秀從床上伸手拿放在床頭的藥，直接塞進嘴裡咀嚼。不知是藥的苦味還是效力，呼吸逐漸恢復了穩定。

嗡。手機收到了一個影像檔案，是孫志允傳來的。

影片看起來像是直接拍監視器螢幕的畫面。昏暗的像倉庫一樣的地方，有人小心翼翼地移動著。

韓智秀專注看著畫面，慢慢地坐了起來，她認出影片中的場所是首爾廳的證物保管室。身穿西服的男子邊走邊確認層架上的目錄，看起來像是在找什麼東西。他很快拿出放在層板上的箱子，翻找內容物，接著從箱子裡拿出某樣東西揣在懷裡，又若無其事地把箱子放回層板上。

韓智秀很快便認出穿著西裝的男子，是吳大英科長。這是吳科長在證物保管室裡拿取某樣東西的影片。孫志允為什麼傳這段影片來?韓智秀毫無頭緒，得先見到他才行。

看看時鐘已經超過五點了，還要再過一段時間天才會亮。韓智秀焦急地看著床頭的電子鐘，決定打電話給孫志允。

握著手機的手直冒汗黏糊糊的，一種不祥的感覺透過黏糊糊手傳來，韓智秀刻意用力握住手機。孫志允沒有接電話。

過了一會兒她又再打，鈴聲一直響，接著轉入語音信箱。打電話的同時，韓智秀拼命回想連接吳科長和孫志允之間的紐帶是什麼，但是無論怎麼想都找不出那兩人的交集。

韓智秀順手拿了件外衣套上就出門，空蕩蕩的街道上，車前燈劃出一道道直線條光影急馳而過，這是在這種時間才可能的速度，但在韓智秀眼裡似乎是預示將有不好的事情發生。

韓智秀一邊打電話，一邊用眼睛追逐往來的汽車燈光。也許車子正好沒電，但已經過了這麼久，電瓶問題應該解決了啊。

韓智秀決定攔計程車，但一轉念又覺得再等一會，就怕在聯繫不上的情況下，如果正好錯過可以麻煩了。

五點三十分，焦急等不到人的她終於坐上計程車。如果孫志允掛上電話就出發的話，早就已經到達上水洞了。韓智秀心急如焚。她繼續打電話，卻聽到對方已關機的語音訊息。路上來往的車輛已經開始明顯增加，計程車雖然被交通號誌擋了幾次，但開抵首爾廳時還花不到二十分鐘。

韓智秀一直緊握著手機，不時彷彿聽到鈴響的幻聽，讓她好幾次確認手機。

下了計程車，她向首爾廳方向跑去，經過正門便往右側停車場方向走，她不由自主地就向那邊移動。

嗡嗡的喧嘩聲越來越近，人們聚集在一起，還有救護車，韓智秀想都沒想就開始跑了起來。

一輛舊款 Sonata 的周圍已經拉起封鎖線，圍觀的人群之間不停傳來「自殺」二字。也許是處理完了，她剛到現場，救護車就開走了。

「朴警官，發生什麼事了。」韓智秀攔住現場鑑識組的朴警官問道。

「喔，這麼早上班。一個龍山署的刑警在停車場自殺，燒炭。」

龍山署。聽到這三個字，韓智秀顫抖了起來。來首爾廳這一路上，各種不祥的預感一直伴隨著她，她努力想擺脫，但卻絲毫沒有想到會是自殺。韓智秀頭暈目眩，搖搖欲墜。

「自殺的不會是孫志允刑警吧……」

「妳怎麼知道？」

韓智秀瞬間崩潰，眼前一陣黑，像掉入不見天日的深坑裡一樣。不過才一個小時前，他說有事要確認，所以約她見面。這一個小時的空白所造成的結果，讓韓智秀一時無法回神。到底發生了什麼事情

「妳還好嗎？是妳認識的刑警嗎？」朴警官扶著韓智秀。

「遺書呢？」

「目前還沒有發現。不過接受監察、案件的壓力，總之各方面都受了很多折磨。唉，感覺像自己人的事。」

「他的手機呢？」

「這點就奇怪了，現場沒有發現手機，刑警不可能不把手機帶在身上啊。」

在電話中才說馬上出發的人，怎麼可能連手機都沒帶就上車了，而且目的地明確，更不可能在一個小時內就決定自殺，這太不合理了。難道他不是自殺，而是「被」自殺。

吳科長的影片！

現在沒有比這更明確的事實了。消失的手機也很有可能在吳大英手裡，現在得搞清楚吳大英從證物保管室盜取的證物是什麼。如果那是他致命的弱點，足以殺死孫志允，那麼他的刀尖又將會再刺向某人。

韓智秀認為下一個對象就是自己。

孫志允在極短暫且緊急的情況下，表示要向韓智秀確認與金賢有關的事，然而他傳來的影片中的人是吳大英科長。

韓智秀意識到自己和金賢、吳大英、孫志允的交集是Copycat。孫志允想確認的事與Copycat有關。

越想，心臟就越痛。

韓智秀留下還忙著整理狀況的朴警官，逕自走向本館。她知道只有自己去打開吳大英找的那個箱子，才能知道孫志允想確認什麼。

三樓科學搜查股因孫志允自殺事件而一片混亂，雖然大家都沒說，但感覺就像自己的事一樣沉重。

韓智秀用識別證進入證物保管室，先確認監視器的位置，然後她拿出手機重新播放孫志允傳來的影片。按照影片中吳大英的動線，不難找到證物箱的位置。

C1005-218

韓智秀重複播放好幾次影片，確認沒有誤差。吳大英拿的箱子就在 C1005-218，她查看箱子上的目錄。

二〇一七年十月十八日三一大廈頂樓女高中生遭施暴致死案相關證物

韓智秀瞬間就像捱了一拳似的，這是是李政宇被列重要嫌疑人的女高中生命案的證物箱。眼前的結果太明顯了，韓智秀感到虛脫。這就是吳大英盜取的，孫志允想確認的東西，韓智秀這才反應過來，是李政宇的刀。孫志允找到了她沒能找到的重要碎片。

面對他以死換來的證據，韓智秀腦子裡一片空白，無法思考。心臟如針刺般的疼痛持續著，現在她不知道該做什麼。

韓智秀走出證物保管室，回到自己的座位上。

電腦螢幕上映照出一個失魂落魄的女人。越看越覺得那張臉有些扭曲，那是在感情以表情表達出來之前會出現的難看的臉。她不知自己是想哭還是想笑，嘴角勉強抽動了一下。

匆忙出門什麼都沒帶，韓智秀翻遍口袋什麼都沒有。她拉開一個個抽屜，終於找到一個放了很久的口紅。

把電腦螢幕當鏡子，韓智秀塗上口紅，然後練習表情，盡可能做出淡定和平常一樣的表情。但很難。

她打開電腦，就算無法抓住核心也要嘗試摸索。現在有兩種可能性。一是幫助金賢的內部助力者是吳大英科長，另一個則是吳大英科長才是真正的Copycat。

韓智秀思考哪一種可能性比較大。若金賢和吳大英聯手，以假裝失去記憶來偽造情況，那麼反轉就是金賢在法庭上表示自己失去記憶，前述證詞都不算數。因心神喪失而證詞無效。

韓智秀感覺到心臟的刺痛已經轉移到頭部。她不願面對自己被利用幫助連續殺人魔的事實，這讓她感覺自己很悲慘。

另一個可能性呢？讓金賢在火場被發現並失去記憶，好替吳大英科長頂罪？但失去記憶這種事無法計劃，因為會產生的變數太多，依照吳科長的性格，他不會選擇無法計劃的事。

如果是在知道金賢失去記憶之後才制定計劃呢？這是有可能的。算算時間點跟吳大英將這件事交給自己的時間差不多，而且最重要的是這讓吳大英殺害孫志允的可能性增大。

一想到無冤無仇，只為了自己的目的就殺死同事，韓智秀不禁感到毛骨聳然，胳膊都起雞皮疙瘩了。她為什麼從來未曾懷疑過？為什麼從未具體思考關於吳科長的一切？他如何能不著痕跡地操控一切？

想到這裡，韓智秀驚覺，如果吳大英科長握有孫志允的手機，那麼下一個目標就在手機最後的通話紀錄中。

她必須立刻去見金賢。

＊＊＊

打開燈，吳大英科長進入辦公室，將孫志允已關機的行動電話扔在桌上。

別再打了，韓智秀。面對不斷響起的手機，吳科長不由自主地喃喃自語。

唉，智秀啊⋯⋯

科學搜查股的人雖然不露聲色，但都覺得韓智秀是個麻煩，該停的時候不停手，該掩蓋的東西不掩蓋，該扔掉的東西不扔，韓智秀就這樣被打上烙印。就因為韓智秀這煩人的脾氣，讓吳大英沒時間查看孫志允的手機，只能先關機圖個清靜。

計劃被搞砸了。應該在自殺現場出現的手機沒出現，連帶的應該留在手機裡的遺書也消失。都是韓智秀造成的。如果不是她，以自殺的狀況就可以簡單終止一切，有個完美的結束。

吳大英怒氣上升。

他走到書架前，最上一層可以看到獎牌、FBI研修紀念品。他彎下腰往魚缸裡看，觀賞魚揮動著比自己身體長的鰭悠閒地游著，白色軀幹上印著紅點像血一樣鮮明。觀賞魚在狹窄的魚缸裡悠悠地旋轉著，吳大英從獎牌後面拿出魚飼料丟了幾顆下去。觀賞魚仍慢慢游著，因為沒有競爭者，觀賞魚把在這小小魚缸裡享受的和平當作全部。

吳科長在魚缸旁邊放了可以在墨西哥沙漠看到的小仙人掌。他理一理土，仔細查看仙人掌有沒有哪裡變色了。仙人掌在潮溼的環境中容易腐爛，就像屍體一樣。

仙人掌旁是個有一字眉的的小熊公仔，看到臉就會想起一個人。這是很好的選擇。吳大英接著拿出柏木把手的拆信刀，擦去上面的灰塵。刀面散發出光澤，這是法國Laguiole出的經典產品。

他又從口袋裡掏出了一條十字架項鍊，拿在手中反覆把玩。可能是因為頂了個大光頭，孫志允的十字架項鍊讓人一眼就注意到。吳大英有點猶豫，但隨即使勁把項鍊扯斷，只留下金色的十字架，他想了一會兒，把十字架插在仙人掌的土裡。

書架上還有很多空位，吳大英的心情好多了。

他從孫志允的手機中取出SIM卡後再重新開機。在有SIM卡的狀態下開機，就可以透過電信公司基地站追蹤到手機位置。原本應出現在自殺現場的手機在另一個地方重新開機，自殺就會變成殺人案件。

開機後，螢幕上出現製造商標誌的開機畫面，幸好孫志允的手機未設密碼。

吳大英先瀏覽最近的通話記錄，韓智秀打了二十七通電話。進入詳細目錄後，發現之前還有與韓智秀通話，四點四十分時通話時間二十一秒。

吳大英不斷往下滑查看通話紀錄，尋找韓智秀的名字。但通話紀錄已經到底了，都沒再出現韓智秀的名字。通話紀錄中的人很多，而時間相對都很短，不愧是通話量龐大的重案組刑警。

吳大英接著打開媒體櫃確認照片和影片，在最近目錄中有一段從螢幕上拍攝的監視器影片。如同吳大英自己預料的，他從證物保管室拿刀子出來時被拍到了。他在訊息紀錄中找到了傳送影片的痕跡，但沒有發送明細。如果是透過社群網路發送，那就必須插入ＳＩＭ卡才能看到。

吳大英再回到與韓智秀通話的二十一秒記錄。二十一秒，若要說明影片內容，時間似乎太短。

孫志允到底跟韓智秀說了什麼？讓韓智秀在不到一個小時的時間之內打了二十七通電話給孫志允。吳大英經過一番思考，最終還是認為韓智秀看過影片了。

他皺著眉頭，像呻吟般喃喃自語，韓智秀……韓智秀……

吳大英一開始沒有考慮太久，就決定把韓智秀置入自己的計畫中。她不安定的狀態和埋頭苦幹的個性在這個計畫中再適合不過了，多次讓吳大英感嘆，首爾廳裡沒有人可以像她達成這樣的結果。

會決定將她置入案件中，她的人際關係也是原因之一。就像模型的組裝零件一樣，只要切斷支撐她的幾根線，就能將她從人群中原封不動地抽離，因此吳大英有自信可以隨心所欲操作她原本就狹隘的人際關係網。

吳大英利用監察這把剪刀，將她的關係網徹底切斷。她的弱點不少，所以不管用什麼方法切斷都不難。如果這次計畫順利完成，吳太英也有意把她一起帶到本廳好好利用。可惜現在搞砸了。

吳大英認為以韓智秀的性格，在情況尚未明瞭之際，應該不至於把影片傳出去，這樣就夠了，他有把握在影片散播之前，先將韓智秀手到擒來。

金賢是最好的誘餌。

吳大英關掉辦公室的燈，從窗戶透進來的晨光停留在書架上。

19

金賢醒來是因為聽到意想不到的聲音。

開門聲和接下來的腳步聲。自從視力漸漸恢復，金賢對聲音也逐漸變得遲鈍。他現在已經不再數腳步聲了。

那個腳步聲並未走近床邊，而是往桌子走去，與他記憶中的任何一種模式都不相符。

金賢微微瞇了一下眼睛。穿西裝，是個男人。金賢的手反射地移到床邊。手本能的移動，摸到藏在床單下面的針筒，幸好還在，金賢在知道 Copycat 的真實身分後，就沒再確認針筒在不在。

金賢悄悄閉上眼睛，全身的神經都集中在耳朵。窸窸窣窣的聲響不斷傳來。

再次瞇起眼，金賢看到獨自進入病房的男人。

窸窸窣窣的聲音是從男人口袋裡傳出來的。他從左邊袋拿出兩瓶機能飲料，再從右口袋掏出針筒，接著又拿出一個小東西放在桌上，看不出來是什麼。

咚！小瓶子放到桌上發出不小的聲響。男人似乎故意要吵醒金賢，動作全然沒有小心謹慎的意思。既然如此，金賢應該要有所反應。

金賢就像剛從夢中醒來一樣，略略伸展上半身，但那男人沒有回頭，只說道，「醒了？

沒事，躺著就好。」

是吳大英科長的聲音，四十多歲的樣貌和健壯的體格。金賢沒有回答，這時吳大英才回過頭來對他微笑。那是左右不平衡的微妙笑容。

「李警監，不，現在應該稱呼你金賢教授才對。」

語氣和平時沒有什麼不同。一切真相大白，情況與之前完全不同，但吳大英對自己的態度仍和以前一樣，金賢覺得這樣很好。

「身體怎麼樣？」

「……」

吳大英把桌子旁的椅子往後拉，舒服地坐下來，然後默默看著金賢。金賢沒有說話，兩人沉默了一會兒。

吳大英低頭拿起桌上的東西。

「身體還好。」

金賢的回答慢了半拍，但吳大英似乎並不在意。他撕開了手中的小袋子，是裝了藥丸的藥袋。他小心翼翼，同時目光轉到金賢身上。

金賢本能地把目光投向遠處，就像看不見的人一樣。

有三、四顆圓圓的藥丸掉到桌上，吳大英趕緊用手把差點滾下桌的藥丸攔住。

「沒什麼大礙真是太好了，我一直都很擔心你啊。」

吳大英掏出手機對著金賢。

金賢對吳大英拿著手機調角度的動作裝作渾然不知。

吳大英仍然拿著手機，然後突然乾咳了一下，咳嗽聲中滲雜了「咔嚓」的快門聲。

「最近霧霾真是太嚴重了，害我老是覺得喉嚨乾癢。」

他用一根手指摸索敲擊螢幕，是在傳簡訊嗎？

「韓警官呢？她沒來嗎？」

可能是傳完訊息了，吳大英把手機放在桌上看著金賢。

「不，她就快到了。我也在等她，你別擔心。」

別擔心……這句話聽起來像「這是最後一次見到韓警官」的意思。

金賢微微歪著頭。

吳大英用手輕輕壓了一下放在桌上的手機，金賢聽到細微的藥丸破碎聲。

「就是今天了嗎？」

吳大英從皮夾裡拿出信用卡，小心翼翼地刮掉了手機背面的白色粉末。

「是啊，今天先去廳裡，等文件準備好，晚上就會移交給檢方了，準備好了吧？」

吳大英又輕輕地壓了一下手機，藥丸破碎的聲音比剛才大一點，吳大英反射性地看著金賢，好像是在等待回答。

金賢的眼睛像對不上焦點一樣，茫然地朝窗外望去。「……我知道了。」

「只需要加上幾頁資料就可以了，我指示過了不要搞得太累，早點結束。」

他又用信用卡刮掉手機背面的白色粉末，再用卡片將桌上的粉末堆在一起。

「謝謝。」

吳大英聽了抬起頭，露出潔白而勻稱的牙齒，面帶微笑看著金賢。

「其實我有點擔心，警方調查是一回事，到了檢察官那裡又會和我們又不一樣。」他邊說邊拿信用卡刮了幾次白色粉末。

「您不用擔心。」

「喔，是吧？」

兩人互相說「不用擔心」，金賢覺得很詭異，到底是不要擔心什麼呢？

吳大英環顧四周，好像在找什麼東西。

「在韓警官來之前，你先好好休息吧。不管調查結束得再快，以你現在的體力應該還是會有點吃不消。」他站起來朝衣櫃方向走去，蹲下打開冰箱門，然後又關上。金賢像是單純對聲音做出反應，將沒有焦點的視線轉向吳大英。

「我是想看看有沒有水……」

「在這裡。」金賢伸手假裝在摸索護理師留下的水。

「我自己來就好。」

嘩啦嘩啦，吳大英把水倒進杯子裡，但他沒有喝，又回到桌邊。

「之前其實我們關係還不錯啊。對了，你不記得了。」

「……」

吳大英喝了一口水，拿起杯子似乎在估量剩餘的水量。

「是我推薦你擔任首爾廳犯罪分析諮詢委員的。」他把用信用卡桌上那一小堆白色粉末推到桌邊，再刮進杯子裡。

「多虧了你的犯罪分析，嫌疑人裡無罪釋放的事件再次受到關注。我們都看到你的分析，對那些被釋放的嫌疑人感到憤怒……我一直都很感謝你。」

他搖動杯子讓粉末溶解，然後在用針筒放入杯子裡拉動活塞吸取杯子裡的水。他不急不徐，一步步都按照順序，自然而熟練。

「我很抱歉。」

「別這麼說，你只是做出了選擇，站在分析案件的立場，我也不是不能理解你。」吳大英熟練地將針筒插進飲料瓶蓋，然後把活塞徐徐地推到底。

「我是真的很擔心，以你現在的身體狀況必須撐下去。」他又按照同樣步驟在另一瓶飲料裡把溶解在水裡的藥注射進去。

「今天天氣真好。」

金賢對他的話沒有反應，轉過頭不再盯著窗，而是望向旁邊的牆面，他的視角邊隱約看得到窗外的天空，不知是不是因爲霧霾，天空灰濛濛的。

吳大英把桌上的東西整理好，拿著飲料瓶走到床邊。

「先把這個喝了吧，對身體好。今天會是辛苦的一天。」

吳大英在他手裡塞了一個褐色瓶子的飲料，依然面帶微笑地看著他。金賢無法拒絕。

「謝謝。」

想不出別的辦法，他只好心一橫下把瓶蓋轉開。喀答答答，傳來輕快的聲音。金賢把頭一仰，含了一口在嘴裡。吳大英仍目不轉睛地看著他，沒辦法，金賢只好吞下去，沒有刺激感，液體順著喉嚨下去。

「味道還不錯。」

眼前的吳大英露出燦爛笑容，連眼角的皺紋也清晰可見。

金賢好像猜到放在飲料裡的是什麼了，舒眠麻醉劑……

「是嗎？那就好。」

金賢知道自己可以如何處理掉瓶子裡剩下的液體，但是吳大英的視線一刻都沒有離開，金賢的手握著瓶子猶豫不決。最後他只好仰頭，一口氣把飲料灌進嘴裡。

眼皮立即彷彿變得千斤重，感覺第一口吞下的藥效已經迅速擴散到全身。金賢的眼皮一閉上，身體就毫無意識地倒在床上。

頭啪的一聲掉到枕頭上。

「體力確實變得很差了，是吧？」吳大英立刻轉身走向門口。

＊　＊　＊

嗡。手機震動了一下，吳大英科長傳來一張照片。

照片中金賢面無表情坐在病床上。緊接又傳來一則簡訊，沒有任何解釋，只有一句話，

「四十分鐘」。

照片裡的金賢眼神呆滯看著鏡頭，似乎不知道自己被拍。這顯示他的處境更危險。金賢與四十分鐘，這很明顯是威脅。四十分鐘之內到病房來，如果不照做金賢的命就不保了。吳大英要傳達的訊息非常直接簡潔，同時更明確的是，他就是Copycat。

韓智秀感覺到全身血液都流乾一般的無力。這不是一場對等的遊戲，他也不是自己可以抗衡的對手。

韓智秀長長地嘆了一口氣。她一直認為自己與吳科長並肩站在同一陣線，朝著同樣的方向。但是回顧這一切過程，吳科長從未和她在同一條線上。吳科長總是在遊戲之外，像絕對的主宰者一樣制定遊戲規則，隨心所欲操控金賢和自己。所有一切從頭到尾都是他的設計。

韓智秀思考著這所有設計的起始點，如果可以，她想回到遊戲的起點，重新開始。但她隨即甩甩頭，即使回到最初，也無法保證自己不會按照他的設計行動。

雖然都是自己的選擇，但一切都是在他設計的框架內做出的選擇。現在如果能真正自主選擇，可以改變結局嗎？孫志允的死她束手無策，這次又如何能救金賢呢？

韓智秀關掉電腦電源站了起來。她已經做好選擇了。

韓智秀整個人埋進計程車後座，思考著有誰可以幫忙。

沒有合適的人。要別人相信她的話，在沒有具體證據的情況下與吳科長對抗，這代表自動放棄警界的前途。她搖了搖頭。

就算把之前的影片傳給同事，證據力量也太薄弱，無法打破刑事科長的壁壘。

她手中緊握著一台小型錄音機，就像是可以逆轉結果的武器，韓智秀不禁啞然失笑。離開首爾廳之前，她遍尋不著任何可用的東西，科搜股的刑警別說佩槍，連手銬都沒有。最後她只找到這台小錄音機，還是智慧型手機普及前使用的古董。

從計程車下來，她抬頭看著醫院大樓，感到一陣暈眩。前所未有的壓迫感重重地壓在她的肩膀上，那裡面有怪物，還有她必須拯救的人。那個人什麼都不知道，和怪物在一起。

彷彿像要踏進無法走出的迷宮，韓智秀緩緩地走進醫院。

六樓走廊靜悄悄的，應該守在金賢病房前的崔巡警不見人影。這一點都不意外，如果是吳科長，控制情況對他來說輕而易舉。

韓智秀深呼吸，然後打開病房門。

吳大英就坐在桌旁的椅子上。

他看了看錶，又指了指他對面的椅子，那手勢就像完成舞臺佈置指揮演員走位的導演一樣。

韓智秀轉過頭看著病床。

金賢蓋著被單一動也不動地躺著，隨著韓智秀的視線，吳大英的目光也停留在金賢身上。

「把手機拿出來放在桌上，當然手機要先解鎖。」

韓智秀依照指示把手機拿出來放在桌子上。

「我沒有設密碼。金賢沒事吧？」

吳大英微微點頭，他的表情和動作在韓智秀眼中就像照本演出的演員一樣。

「目前還好。不過要看韓警官是否配合，否則也有可能會醒不過來。」吳大英拿起韓智秀的手機，若無其事一般地問道。

「妳看到了吧？影片啊。」

韓智秀毫不遲疑地回答。「科長將李政宇在頂樓威脅女高中生時使用的刀偷走了。那把刀也就是殺害李政宇的兇器。」

吳大英點頭表示沒錯。他確認了韓智秀的手機，未開啟錄音功能，接著他刪除孫志允所發送的影片檔案。

「刪除也沒用，因為早已散播出去了。」這是韓智秀唯一能拿出來的牌。

「那就沒辦法了，只好把兩個都處理掉。」吳大英回答得很輕鬆。

「恭喜妳，現在韓警官要出名了，妳將永遠成為審判 Copycat 的另一名 Copycat。」

「看過影片的人會知道你才是真正的 Copycat。」

「妳不用擔心，科搜組會在病房裡找到韓警官的指紋和有力證據。偵訊過的嫌疑人被逼到自殺，這種過去的黑歷史就是要在這種時候用啊。」吳大英把韓智秀的手機關機。

「把 Copycat 殺了之後再自殺的韓警官，妳傳送出去的影片誰會認真看呢？說不定一收到就忙著刪除呢。」

「總會有人注意到的。」

「智秀啊，我可是首爾警察廳的刑事科長啊。又沒真的拍到我拿出李政宇的刀子，那一點也沒有作用啊。我只是為了調查打開過去案件的證物箱而已。」

「等查明孫志允警官的死因，以及他死前拚命尋找證物保管室內監視器影像的因果關係，科長就逃不了了。」

「那個是沒有用的。」吳大英神經質似地喃喃自語，一邊搖著頭，就像面對演員鬧別扭，一點都無動於衷的導演。

「孫志允最後一通電話，以及之後打了二十七次電話的人是誰？不就是妳嗎。心理暴力，妳這不是把孫志允逼上絕路了嗎？根本就像妳以前一樣啊。所以過去的黑歷史真的很好用啊。」

韓智秀一言不發，心想只要他想說就讓他盡量說，因為如果不要讓吳大英發現身後進行的細微動作，韓智秀就必須讓他不停地說。

韓智秀起初以為看錯了，蓋在金賢身上的床單似乎動了一下，她以為是被麻醉的他無意識地身體反射動作。但韓智秀明確地看到金賢左手的細微動作是有意義的，那是有自主意識的人才能做出的動作。

韓智秀的目光停留在病床上太久了，吳大英察覺到她的視線不對勁。

「韓警官？」

韓智秀看向吳大英，一陣窒息的感覺，他正目不轉睛地看著自己。

「第一起案件……」

為了轉移吳大英的注意力韓智秀急著開口，但吳大英已經慢慢轉過頭，盯著病床，他自己心裡雖然覺得不可能，但還是留意了一下金賢是否醒來。

韓智秀忐忑不安地看著沒有任何動靜的床單，如果吳大英起身走過去掀開床單，就能知道金賢的左手做了什麼事。

吳大英微微挪動了一下，她趕緊問道，「浴缸裡的新娘一案，死者丈夫是如何被殺害的？金賢和我都不知道……」

吳大英沒有把視線從床上移開，只是抬起手制止她說話。

病房裡靜得連呼吸聲都聽不到，韓智秀不由自主喃喃自語。「拜託……」

韓智秀故意撞了桌子發出聲音，吳大英這才轉過身來，他的臉上掛著微笑，是完全控制局勢的勝利微笑。

「玄關密碼是在現場鑑證時知道的。通常獨居男子不會換密碼。妳要一直站著嗎？」

吳大英說著用下巴示意，韓智秀順從地拉出椅子坐下。

「偵訊時韓基範陳述說下班後喜歡泡半身浴，所以我就把下雨的日子定為D-day，因為一身溼氣就更想泡澡了。」

吳大英放鬆地背靠在椅子上，蹺起二郎腿，好像在聽音樂一樣，腳尖隨節拍晃動。

韓智秀現在不能將視線移到病床上，因為吳大英不會放過她的任何一點小動作，如果她的目光再看向金賢，他一定起疑過去把床單掀開。韓智秀必須讓吳大英不斷說話，機會的空檔只有他說話的時候才會出現。

「抓住泡在浴缸裡的韓基範的腳踝，那種手感很刺激。我現在知道為什麼有人會沉迷釣魚了。」吳大英看著韓智秀，雙手在空中模擬抓住腳踝再強拉的動作。

韓智秀起了雞皮疙瘩。「第二次案件的被害者李政宇呢？他是怎麼被殺的？」

吳大英搖搖頭，像要整理思緒，他看了一下窗外。空檔來了，韓智秀再次感覺到床單裡的微微動作，這是金賢清醒的確切信號，現在有了推翻吳大英的希望。

「刀是怎麼弄到的妳已經知道了。動手有點麻煩，因為要避開重要臟器和動脈。那傢伙對女高中生施暴之後把人丟著不管，當然也該受到同樣的懲罰。為了找戰利品，我把刀丟在地上，沒想到刀尖就斷了。剩下的就跟金賢分析的一樣。」

「戰利品？」

「啊，一種獎盃的意思，收集案發現場的戰利品，每次看到都會讓人亢奮。」

「你拿走了什麼？」

吳大英瞟了一眼掛在牆上的鐘，他也知道，話說得越多越容易給對方機會，但是他想炫耀的衝動超過各種想法。

「第一起案件是觀賞魚，在水裡會扑騰扑騰地，知道吧？第二起案件是公仔，因為跟那傢伙長得很像。第三起案件是經典的拆信刀，因為是教授啊。第四起案件是仙人掌。」

話越來越簡短，就像只講自己想說的重點。

「啊，還有孫警官，我拿走他的十字架項鍊。大光頭和十字架，很衝突的混搭不是嗎？」

他說完，慢慢地用眼睛打量著韓智秀，似乎在尋找可以成為戰利品的東西。她背脊發涼。

「第三起案件的被害者金英學呢？你是怎麼殺的？」

他放下原本蹺著的腿，又看了看時鐘，他隨時都可能會站起來。

「收到調查報告時我就想殺他了。真是令人氣憤，我甚至希望不要找到金英學妻子的屍體。因為要肢解啊，所以料理他特別費力。我受不了腥味，連生的東西都不怎吃，結果還要用刀切害屍體，真是要我的命。這一題韓警官的分析太好了，讓我很吃驚。失蹤和發現是核心，若找不到會很麻煩，韓警官真是辛苦了，我一直很擔心如果沒人發現金英學的手指怎麼辦。總不能叫我自己去找出來吧。」

床單又開始微微抖動，韓智秀確信金賢是清醒的。

「第四起案件的被害者吳柾泰呢？還有金賢是怎麼捲進去的？」

「要殺吳柾泰很容易，問題是怎麼殺，因為只有再現那傢伙犯下的縱火行為，Copycat的殺人才有意義。正如金賢分析的，我從之前KTV縱火案關係人中挑選能夠幫忙的人，這沒什麼困難。不就是跟吳柾泰一起喝酒，不就是看到失火打電話報警，那些人不會有什麼罪惡感，在法律上也沒有問題，他們只要說沒想到會死人就好啦。」

「那金賢呢？」

吳大英雙手交叉抱胸，他在猶豫，隔了好一會才開口。

「第四起案件事實上有失誤。因為一直以來都是完全犯罪，所以老實說我有點放鬆了。我按照吳柾泰在KTV縱火的方以衛生紙為媒介縱火，到這裡都沒問題。誰知道在火完全蔓延之前，那傢伙就醒了，為了壓制他害我手被燙傷，所以前陣子在廳裡進出都無法用指紋識別。」

「金賢呢？怎麼想都覺得他不該出現在那裡。」

他又瞥了一眼鐘。

「嗯，還有一個失誤就是金賢教授。因為他是唯一掌握我的犯罪模式的人，他在分析未結案件中發現被釋放的嫌疑人遭殺害的模式，甚至還建議我要保護當時還活著的吳柾泰。我當然沒當一回事，為什麼？因為我要殺吳柾泰啊。但誰知偏偏就在我動手那天，金賢去找吳柾泰。」

「那金賢的失憶呢？」

「那完全是意外。他在火場休克連心臟都停了我就把他丟在那，怎知居然還復活，如果他當場死亡，就很容易成爲Copycat。真的很可惜，因為被殺的都是金賢分析的未結案件嫌疑人，這情況不是很完美嗎。但是金賢活下來了，所以我得苦惱該怎麼殺他。結果到醫院一看，眼睛瞎了，還失憶，真是天助我也。雖然費了點力，但最終還是把他變成Copycat。」

「那我呢？」

吳大英歪著頭，似乎有點反應不過來。

「為什麼找我投入你的計畫。」

「啊，那個……因為韓警官的客觀條件很好。憂鬱症和恐慌症，而且還有偵訊過的嫌疑人自殺的先例。妳是完美主義者，很有能力，但在公司裡卻像個獨行俠，沒有人共享情報。最讓我感嘆的是妳居然設定金賢有個女兒，真是天才啊，因為連我都沒想到這招，就這樣才促使金賢坦白自己的罪行，並主動要求接受懲罰。」

吳大英對韓智秀豎起大拇指，但她卻有種被侮辱的感覺，刺痛了心臟。為了揭穿嫌疑人的謊言，必須說出更多謊言。韓智秀很厭惡這樣的自己，無論是身為刑警還是作為一個人，她都覺得自己很糟糕。

「浴缸裡的新娘」一案的真兇就在眼前錯過了，當時她把自己關在恐慌障礙中，那樣比較簡單，她只剩下空殼了。而吳大英一直注意這樣的自己，並徹底利用自己。

韓智秀後悔了。是我沒有好好照顧自己，因為對自己的不關心，才會走到今天這個地步。

「好了，是不是很過癮啊？等這件事結束，我就要去本廳。首爾廳畢竟只是地方單位，格局太窄了。」

「到底是為什麼！」

憤怒隨著尖叫爆發，吳大英正要起身，突然靜止，他盯著韓智秀的臉，接著手慢慢伸出向韓智秀的脖子。彷彿下一秒就要勒住她脖子似地，但最後吳大英用手輕輕拍了拍她的肩膀。就像在說不用擔心，一切都已經安排好了，如吟誦最後的追悼詞般平靜地說：「殺人這種事一旦開始了，就像細胞分裂一樣會不斷複製。是刻在細胞裡的DNA，一直延續到現在。如今在我這裡，實現了新的進化。」

吳大英站起來指著桌上的飲料瓶。「喝吧。」

「金賢教授什麼都不知道，你沒必要殺他吧。」

「搞不好真的有人會對影片產生一點點好奇心啊。所有可能的危險都應該提前排除。」

吳大英把飲料瓶蓋打開遞了過來。

韓智秀把目光轉向床上，毫不掩飾，但吳大英似乎已經不在意了。她看見金賢把手伸到床單外，手裡拿著一個拋棄式針筒。

「影片沒有傳出去。」

「跟我想的一樣。其實就算傳出去對結果也不會有任何影響。」

「放了金賢吧。」

「是嗎？我剛剛想到了一個有趣的遊戲，要不要試試？」吳大英的表情像收到新玩具的孩子一樣亢奮。

「妳先喝了那個，我再告訴妳是什麼遊戲。」

韓智秀知道自己沒有選擇，不管自己藏了什麼武器，吳科長都不放在眼裡，因為他有力量用任何方式摧毀她的武器。

她拿起飲料，一口氣喝了下，甜甜的味道。韓智秀最終選擇了金賢，她能給金賢的只有口袋裡的小型錄音機。她只能相信他了。

「明天睜開眼睛，就會發現兩人中有一人已經死了。你們一個會在病房，另一個在自己家裡。死的人會是誰、會在病房還是家裡，目前還不得而知。這樣雖然麻煩，不過因為你們兩人都沒有車，要是都在病房裡被發現就太假了。別擔心，這個劇本我會好好編排的。」

韓智秀感到意識漸漸朦了起來，吳科長的聲音好像從很遠的地方傳來。

「誰會活著，要睜開眼睛才知道。而且無論是誰睜開眼睛，都會成為連續殺人魔。如果是金賢，就會被追加一件，成為五件命案的殺人犯；如果是韓警官，就成為殺害Copycat的新Copycat怎麼樣？很有趣吧？」

韓智秀在模糊的意識中，想到避開吳大英把錄音機交金賢的方法。她希望能證明吳大英犯行的唯一證據能繼續運轉。

「只有我自己享受真是太可惜了。要殺掉誰好呢？」

韓智秀的手啪一聲垂落。

「啊，說不定兩人都不會睜開眼睛了。」

金賢為了不睡著而拚命數數。數字是守護他的咒語。吐出的機能飲料讓枕頭底下一片潮濕。或許該慶幸之前被更強的舒眠麻醉劑折磨，現在只喝一口加了水的麻醉劑，他還可以支撐。

金賢用顫抖的手握住藏在床墊下的拋棄式針筒，是剛才給韓智秀看過的針筒。

床單微微動了一下，他睜開眼，看到韓智秀垂坐在椅子上，吳科長站著。他再次閉上眼，機會只有一次。他開始在心點默數，等待機會到來。一、二、三，數到三時腳步聲停了。

「好了，現在該回家睡覺了。」

腳步聲又傳來，數到四，聽到病房門被打開的聲音。金賢心想吳大英想殺的是自己，不然就是兩個都殺。

聽到吳大英的腳步聲到病房外，金賢睜開眼睛。

吳大英可能是去拿輪椅來，好方便移動韓智秀。

垂坐的韓智秀蠕動著從口袋裡掏出一個東西，是小型錄音機，她用力把錄音機扔向他，但錄音機不僅沒掉在床上，反而落在病房門前的地上。韓智秀扔出錄音機就攤在椅子上，一動也不動。

金賢猛然起身，一陣頭暈，連站都站不穩。輪椅在護理站，護理師快步走來六十秒，往返就是一百二十秒，吳大英應該會更快。金賢開始數，一、二、三、四……

藥效讓金賢的身體不聽使喚，邁出步伐很艱難，但數字仍飛快地過去，到錄音機大約要五步，但他感覺這是迄今走過最遙遠的距離。

金賢在邁出第二步之前身體搖晃，好不容易抓住床邊欄杆穩住重心。數字還在跑，三十一、三十二、三十三……

若是再搖晃，錄音機就會落入吳科長的手中。金賢全神貫注地走，當他好不容易拿起錄音機時，已經數過六十了。遠處傳來腳步聲，這時金賢才意識到，剛才急著想拿錄音機，卻把針筒放在床上。最後的機會說不定就會這樣消失了。

他必須集中精神一步一步地走，聽到走廊的腳步聲越來越近了，數字已經超過九十了……九十五、九十六、九十七……

他到達床邊握住針筒時，數字已數過一百一十。腳步聲更近了，吳大英什麼時候會開門都不意外。

就在金賢躺下拉起床單的瞬間，病房門打開了。雖然現在躺著的姿勢和剛才不同，但金賢無法動彈，也無法呼吸。

一、二、三、四，吳大英的腳步停了。他還沒有察覺到。

金賢聽到吳大英扶起韓智秀坐上輪椅的聲音，又聽到輪椅滾動的聲音，而他的腳步聲同樣在第四步時停止。

吳大英的腳步聲朝向病床而來。一、二、三、四、五……他平時總是快步走到床邊。六，會是可以刺傷他的機會。

金賢甚至感受到他的呼吸。

「過了今天，你可以永遠背負Copycat的名號，會是被人們記憶最久的連續殺人魔。」

金賢睜開眼睛，吳大英正拿著手術刀俯視自己。

金賢將手伸到床單外，用力將針筒插入吳大英的大腿，同時按下活塞。針筒裡裝有之前用在自己身上的強效舒眠麻醉劑。拿著手術刀怒視的吳大英表情扭曲了。

金賢滾動身體，掉落在床的另一邊，吳大英手中的手術刀以些微差距插進了枕頭。滾落地面的金賢因全身的痛楚一時無法動彈。

吳大英抓住床邊支撐著身體，但很快就癱坐在地上。金賢聽到手術刀掉在地上的聲音。

金賢抓住床慢慢地站起來，然後一步步向吳大英走去，手術刀掉在他無法觸及的地方。

金賢直視在地上蠕動的吳大英，他掙扎著想抓住逐漸遠去的意識，張開口似乎想說什麼，卻只能發出「呃……呃……」的聲音。

一、二、三……金賢數到十的時候，吳大英一動也不動了。

20

早上八點半。

從窗戶射入的陽光像往常一樣，在地面上形成了鮮明的四方形，韓智秀環顧整理得乾乾淨淨的房子，地上沒有一點灰塵，眼睛看到的一切都在原位。

韓智秀在衣櫃裡挑了一件買來之後從沒穿過的亮色夾克，並搭配合適的褲子。她化上淡淡的妝，取出紙盒裡的皮鞋，是一雙沒有包腳跟的中等高度跟鞋。黑色皮革搭配和白色線條，給人一種幹練的感覺。這雙鞋是不久前李樹人警監送來的禮物。韓智秀現在還是習慣叫李樹人警監，她覺得比金賢教授更自在。

鞋盒裡有張便條紙，寫著「希望可以聽到總是像影子一樣走路沒有聲音的韓智秀的腳步聲」。

韓智秀像要舉行什麼儀式似地，慎重仔細地穿上皮鞋，大小正合腳，鏡子裡的自己好像突然變高了幾公分。

她在鏡子前走了幾步。咯噔咯噔，清晰的腳步聲跟隨著她。轉過頭，鏡子裡地她像剛到來的季節一樣光彩照人。

拿起手機確認時間。

九點鐘。

這是一個沒有緊張感的悠閒早晨。

韓智秀離開家，準備前往首爾廳監察股接受第二次監察調查。出門前她考慮了一陣子要不要帶著恐慌症的藥，最後還是留在家裡。

從上水洞出發的計程車經過金花隧道後速度開始變慢，但她一點也不著急，就算遲到一下也沒什麼大不了，不就是去監察調查嘛？

計程車在九點五十分抵達首爾廳正門。韓智秀下車沿著停車場外圍走向本館時，心臟仍然感覺到像針刺般的疼痛。她能為孫志允做的只有調查結束後找到十字架還給孫警官。

韓智秀在電梯前不再猶豫，見到熟面孔也能微笑以對。同事們的目光停留在韓智秀身上比以前更久，她身後傳來竊竊私語，但她不在乎。

十三樓到了，出了電梯她在窗邊暫時停下腳步俯瞰光化門廣場，下面的世界就像什麼事都沒有發生一樣平靜。韓智秀毫不猶豫地打開監察股辦公室的門。

金正民警衛站起來，輕輕地行了個注目禮。韓智秀跟著他進入調查室，調查室內只有桌子和椅子，沒有監視攝影機，也沒有錄音設備，韓智秀反而覺得更自在。

金正民坐在韓智秀對面，打開了筆記型電腦。

「第二次調查後，韓智秀警官受監察的部分就全部結束。不過為了吳大英科長一事，還要請妳以證人身分再來幾次。」

「我了解。」

金正民問了幾個形式上的問題確認身分，韓智秀依序回答，兩人之間沒有緊張感。

「調查結果顯示金英學是被 Copycat 殺害的。是嗎？」

「是的。」

「因此控訴金英學是因韓警官壓迫性的偵訊而自殺的投書內容並非事實。是嗎？」

「是的。」

「Copycat 就是吳大英科長嗎？」

「這是正在調查中的案件，今天是以關係人身分傳喚我來的嗎？」

「啊，這其實是我個人的問題。對不起。」金正民避開韓智秀的眼睛，把筆電蓋上。

和第一次調查時一樣，韓智秀先站了起來，在金正民開口之前韓智秀說道，「Copycat 是吳大英科長沒錯，當然，這是我個人說法。」

「韓警官？」金警衛叫住已轉過身的韓智秀。

韓智秀回過頭等待他開口。

「對不起。沒別的意思……妳辛苦了。」

咯噔咯噔，她的腳步聲清脆地迴盪在走廊，韓智秀不再在意別人會怎麼看待自己。

＊　＊　＊

睜開眼睛，什麼都看不見。房間就像個密封的箱子一樣。

金賢慢慢地站起來，把厚重的窗簾拉開，光線一下子射進了房間。屋裡什麼都沒有，他仍然對自己的過去一無所知。

原本堆放在屋內的證物箱，金賢沒有打開整理，而是直接全部處理掉了。沒有必要擁抱不記得的過去。客廳和房間空蕩蕩的，他下定決心要填滿現在的自己。

拿起手機確認時間，七點。新辦的手機裡儲存的電話號碼寥寥無幾，沒有人打進來，也沒有要打出去的對象。

他淋浴了好一會兒，燒傷的傷口都癒合了，除了看起來不美觀之外，沒有什麼不方便的地方。

金賢穿著韓智秀送到醫院的西裝，繫上領帶。他沒有扔掉這套西裝，因為這不是過去的東西，是他現在記憶中第一個屬於自己的東西。

八點，雖然這個時間還有點早，但他還是決定出發。金賢戴上沒有度數的平光眼鏡，再戴上口罩，現在他的臉沒有人不認得，都是拜「變態專訪」影片所賜，讓他的長相全國皆知。甚至被 Copycat 徹底利用的事實傳開後，同情的輿論更加強烈。現在大家都能認出他的臉。

他連續幾周在警察廳重大犯罪調查科以證人身分接受調查，雖然是疲累，但沒有什麼難處，因為他記得吳大英科長的一切。

吳大英科長被發現時已自殺身亡，就在他失蹤五天後，在離醫院稍遠的公路旁，他就在車裡燒炭自殺。根據推測，可能是臨死前對死亡產生恐懼，他在自己的大腿上注射了強力的舒眠麻醉劑。在車上發現的拋棄式針筒上採集到他的指紋。

車子停放地點附近沒有監視器，車子上的行車記錄器研判被吳大英自行拔除了。在車子內部發現了手機，手機的備忘錄裡有一份遺書。他在遺書中坦承自己就是Copycat，犯下四起連續殺人案。他還坦白是自己殺害了孫志允警官並偽裝成自殺。

警方在車子後車箱中發現三、四塊尚未使用的木炭，經過追蹤調查確認是他自己購買的。

韓智秀警官在證物保管室的監視器影像中，發現吳大英科長疑似盜取證物刀具，且該刀具就是殺害李政宇的兇器。在吳科長的辦公室裡發現了他每次犯案後收集所謂的戰利品，調查小組向死者的遺屬確認，證明都是原本在案發現場的被害人遺物。種種客觀證據都指明吳大英就是Copycat。

但問題是吳大英自殺的動機。一般認為，會把追蹤自己的重案組刑警殺害並偽裝成自殺的連續殺人魔不可能會自殺，有人懷疑這是為了「棄卒保車」，民間傳言相信吳科長是被更高權力者設計「被自殺」。

還有一些人甚至說，他最後把自己殺了，以完成第六次連續殺人。當然，這一切都只是猜測而已。

警察廳重大犯罪調查科首次對證人進行調查時，曾詢問金賢：「你認為吳大英科長為什麼自殺？」

金賢回答：「因為我恢復了部分記憶，想起他就是Copycat。」

警察廳並未向媒體公布事件的詳細內幕，但結論判定吳大英的死因就是自殺。

金賢走安全梯下樓，這段時間他的腿已經有了力量，不用抓著扶手也沒關係。他決定繼續擔任首爾廳犯罪分析諮詢委員，為了讓那些被釋放的未結案件嫌疑人重新受到審判。

他一邊走下樓一邊在心裡數數。

一、二、三、四、五……

腦海中康俊成一案和數字一起浮現。一，二〇一五年 Rolling Soul 俱樂部性侵加傷害；二，二〇一六年 Barney Barney 俱樂部販毒；三，二〇一六年暴力傷害；四，二〇一七年同居女失蹤；五，二〇一八年殺人命案。

這些案件的嫌疑人只有一個，就是康俊成。

金賢想起了康俊成最後一個案件，他慢慢走下樓梯。一，康俊成注射過量毒品的方式殺害同居女友；二，注射器上未驗出康俊成和同居女友的指紋；三，重案組遲遲無法證明康俊成的殺人嫌疑；四，同居女友盜賣康俊成的毒品成為殺人動機；五，同居女友的驗屍報告顯示體內有大量「冰毒」，超過注射器一次注射的量；六，在注射大量冰毒陷入神智不清的情況下，還能重複自行注射嗎？

金賢在樓梯轉折處停下腳步，接著又繼續往下走。數字仍繼續。

一，如果單純以尋歡為目的，那麼即使是毒蟲，仍對足以致死的藥量會有恐懼，所以是另有目的，才會注入那麼多的量；二，偵訊後雖無法證明殺人嫌疑，但仍可以用持有毒品為由拘留康俊成，但他還是被釋放了；三，指示釋放他的人是吳大英科長。

金賢在數到三時停下腳步。吳大英科長故意釋放康俊成，也許他的下一個目標正是康俊成。

金賢又往下走。四，康俊成的嫌疑將由我來證明。

金賢繞過樓梯轉折處往下，已經可以看到一樓大廳了。

一，我依然什麼都想不起來；二，在醫院睜開眼睛後，我的新記憶，按照吳大英科長的意圖，是充滿 Copycat 的記憶；三，即使不記得，我也不會消失；四，我依然是一個冷靜充滿正義的人；五，在書桌前貼了一張短髮女孩的照片，每次看到都會感到心痛；六，我不會重複吳大英科長犯的錯誤。

金賢下樓後朝大門走去，光亮越來越近。但他不確定自己是在黑暗中，還是在光亮裡，他只是朝著光走去。

門外櫻花正凋謝，花瓣像飛散的血痕一樣飄揚。

金賢推開門走了出去。

高寶書版集團
gobooks.com.tw

TN 292
現場鑑證
현장검증

作　　者　李鐘寬이종관
譯　　者　馮燕珠
責任編輯　吳珮旻
封面設計　林政嘉
內頁排版　賴姵均
企　　劃　鍾惠鈞

發 行 人　朱凱蕾
出　　版　英屬維京群島商高寶國際有限公司台灣分公司
　　　　　Global Group Holdings, Ltd.
地　　址　台北市內湖區洲子街88號3樓
網　　址　gobooks.com.tw
電　　話　(02) 27992788
電　　郵　readers@gobooks.com.tw（讀者服務部）
傳　　真　出版部　(02) 27990909　行銷部 (02) 27993088
郵政劃撥　19394552
戶　　名　英屬維京群島商高寶國際有限公司台灣分公司
發　　行　希代多媒體書版股份有限公司/Printed in Taiwan
初　　版　2022年06月

國家圖書館出版品預行編目(CIP)資料

現場鑑證 / 李鐘寬著；馮燕珠譯. -- 初版. -- 臺北市
：英屬維京群島商高寶國際有限公司臺灣分公司,
2022.06
　面；　公分. -- (文學新象；TN 292)

譯自：현장검증

ISBN 978-986-506-432-7(平裝)

862.57　　　　111007247